"一带一路"大型系列丛书

总策划 戴佩丽
主 编 孙春光

茹军风 ◎ 著

新疆是个好地方

松古拉奇漫记

中央民族大学出版社
China Minzu University Press

图书在版编目（CIP）数据

松古拉奇漫记/茹军风著 . —北京：中央民族大学出版社，2021.4（2022.9 重印）

（"一带一路"大型系列丛书.新疆是个好地方.第三辑）

ISBN 978-7-5660-1894-6

Ⅰ.①松…　Ⅱ.①茹…　Ⅲ.①散文集—中国—当代　Ⅳ.①I267

中国版本图书馆 CIP 数据核字（2021）第 025558 号

松古拉奇漫记

著　　者	茹军风
责任编辑	戴佩丽
责任校对	赵　静
封面设计	舒刚卫
出版发行	中央民族大学出版社
	北京市海淀区中关村南大街 27 号　　邮编：100081
	电话：（010）68472815（发行部）　传真：（010）68933757（发行部）
	（010）68932218（总编室）　　　　（010）68932447（办公室）
经 销 者	全国各地新华书店
印 刷 厂	北京鑫宇图源印刷科技有限公司
开　　本	787×1092　1/16　印张：10
字　　数	133 千字
版　　次	2021 年 4 月第 1 版　2022 年 9 月第 2 次印刷
书　　号	ISBN 978-7-5660-1894-6
定　　价	40.00 元

目 录

"一带一路"大型系列丛书
——新疆是个好地方

长河流淌松古拉奇

村里住了一年，竟有一大半时间记不住回去的路。走着找着就不知走到了哪里，找不到东西南北了，一问，偏了。杨树连着杨树，村子挨着村子，空气都好像糊糊一样稠。村子和村子长得又像，就掉进了迷宫。抬头看天，蓝天上的黄太阳也错位了，变成从北往南走了，城里的东不是东了，跑到北边去了，城里的北变成乡村的东了。我知道不是太阳出错，还是我的"转向病"又犯了，经常是换个地方就天地大转向。最严重的那次，从车里的人堆中挤下来，还是带着城里的方向感，站在十字路口一时间晕晕乎乎的，要向以为是村里的方向走，看着就不对，再往相反的方向看，又对又不对，怎么会在这边呢？好一会儿才醒过来。

另一次坐朋友车回村，一路问着走。到了相比之下地广人稀的地方，就好找了，就快到了。路宽了些，树稀了些，人和房子没那么稠了，路边的房子不再压人了，没有了那种逼仄感。

边上的边上，角落里的角落。边上有故事，角落里有古史。历史上兴盛一时，曾是那一大片土地的中心，和唐太宗李世民有不大也不小不直也不弯的事。

喀什噶尔一个外人不容易找到也不起眼的地方。没有工业的挤压，没有"造城运动"的虚胖，没有"空巢村"的衰败。

村民老少三四代人生活在一起，年轻男人顶着染过一样的黑发守着老婆守着家，精瘦老人胸前飘着白胡子和年轻人一起下地干活。村民白天不紧不慢地劳作，晚上没有聚会就蜷缩在炕上清闲地看会儿电视，魂懒洋洋地往梦那个地方挪。男人都是睡觉能手，不管什么时候什么地方，放平了身子就是一场好觉，大白天说跳就能跳进梦里。时不时就兴高采烈地聚在一起，高歌，狂舞，村子的安静碎一地，被歌舞推过来踢过去的，音量特别高，不习惯的人嫌吵得慌，几公里之外都能听到。一家婚事，全村歌舞，邻村"收听"。

松古拉奇，一点都不拉风，和新疆特别是南疆很多村子一样，一样的成排成片的杨树，一样的高高大大的杨树下屋社，一样的两排杨树队伍下路上行走的男男女女，一样的杨树围着的方方正正一块一块的农田。一样的地貌，一样的相貌，一样的语言，一样的习俗，一样的心理，一样的农活，一样的饭菜。万里沙漠，千里戈壁，百里绿洲，十里村落；十里红柳，百里胡杨，千里戈壁，万里沙漠。空间广阔，时间缓慢。

一座维吾尔族爽朗的村庄，一方小渠流水人家的乡土。中国新疆古老村落，新疆南疆乡土社会。

费孝通当年在江村"精耕细作"，他说，江村这样的个别是整体的复制品，一些中外学者说他的研究方法是微型社会学。费先生还说，民族研究是认识社会和文化的基本功。紧接着他又说了，你说我是男的，如果没有女人，你怎么知道我是男的。

松古拉奇是"费孝通"的，也是"李白"的。

松古拉奇那条古老的大渠流着引来的吐曼河水，松古拉奇的人和牲畜、地和草木把水变成血肉和果实。比古渠古老得多的吐曼河是条不冻河，泉水含着曼妙流成河，河水吐着曼妙晨光中夕阳下吞云吐雾，两岸的人叫她雾河。吐曼河是诗，地下冒出来的诗；松古拉奇是散文，地上流出来的散文。松古拉奇古渠借水，文学当然也可以借社会学的水。不用还，一家人不说两家话。文学也是社会学的水，大家粘在一起升到天上成了云彩。要是没有诗和散文，人就活得没劲，社会学就会被冻在地上飞不起来。

还没有松古拉奇这个地名的时候，这个地方不通水，后来那条流着清水的人工大渠流出了在我听来抑扬顿挫高低错落朗朗上口歌声一样的名字：松古拉奇。

另一个诗句一样的名字是寅达曼，这和唐太宗李世民有关联，可以说是李世民间接地赐名。

李世民不顾他又敬又怕的大臣魏征一再的强烈的反对，大手一挥，收复西域，就有了疏勒镇，镇下就有了十五州，其中一州名曰达曼，也有称其为达麦尼。达曼城后来有了子城寅达曼，新达曼之意。

这个当年出现在唐朝文书上和史官笔下的文雅的地名，历经西域1300多年的风云变幻而幸存下来。

今天的松古拉奇，当年就是达曼州的辖地，和寅达曼隔着一条河。

汉朝人称这条河为赤水，唐朝人称赤河，后来的维吾尔人称红河。

红河也就是克孜勒河从西往东流，雾河也就是吐曼河从北往南流，松古拉奇算是两河流域，但松古拉奇是近水楼台不得月，几公里之外的克孜勒河水上不来，不得不舍近求远，从二十多公里外的吐曼河引水。

用肉眼看，松古拉奇大地是平的，没有坡，没有沟，没有山，没有水。细看，就能看出点高低来。我骑着电动车常在村路上跑，次数多了，才感觉到坡度，看着平平的，其实是缓坡，先是车"感觉"到，慢了些，有点吃力，然后是人察觉到，再细细看去，路不动声色地抬高了身体，我就明白了，松古拉奇有看不见的坡，看不见的沟，看不见的山，看不见的水，看不见的大坡大沟大山大水。松古拉奇村在缓坡上，松古拉奇大地高低不平。不明不白地就高了，不明不白地就低了。我就又明白了，松古拉奇在帕米尔高原下的缓坡上，是造山运动时被拽起来的一块。世界上没有平地，世界不是平的，整个地球就是高高低低坑坑洼洼沟沟坎坎的。所谓平原其实就是缓坡，是"山水战争"的结果，是高原的退让，地球就是一座大山吧？红色的克孜勒河在低处，流着绿水的吐曼河在远处，一个在深沟的沟底，滋润不了大坡上的松古拉奇，一个在缓坡下，远河就成了缓坡上的松古拉奇与喀什噶尔共用的大水管。远的，有可能是最近的，近的，有可能是最远的。引来"雾水"前，守着两条河的松古拉奇用地下水。老人说，从前，找个低点的地方，几坎土曼就能挖出水来。老人说，二十世纪四十年代这里还有成片的胡杨林。这样就可以推测，唐时，这里的胡杨林和周围几百公里之外的原始胡杨林是连成一片的。清朝时，开荒造大田，这里的人密密麻麻修大渠，大渠挖成了，大渠成古渠了，成千上万出力流汗的人都无名无姓地化在了土里，只留下个官职：喀什噶尔道台。道台姓什么？摇头，只知道是怎么测量地势的。萨乌拉洪老汉连说带比画，还起身弯腰做动作：让驴和马身体两边驮两袋苞谷粒，四条腿的只管走路，两条腿的也得走路，多了件驴马身体力行却永远也搞不懂的事：看苞谷粒滑落出来的高低。我凭电动车看出了高低，松古拉奇先人靠"驴马驮苞谷测量法"，仙人呐！也是没办法的事，肉眼靠不住，看不出深浅，看不见对错，还经常有意无意地欺骗自己的邻居大脑。

人也是靠不住的。大渠挖成了，这里的人没高兴多长时间，起了水争，喀什噶尔城里穿城而过的吐曼河上游的人把水给断了，大渠断流，谈来谈去谈不成，这里的人只好在吐曼河下游又挖了条新渠。

有水就长出了两个地名，英吾斯塘（新渠，乡名）和松古拉奇。这地方总能出"寅"，新也。前有"寅"的达曼，后有"寅"的大渠。

古渠总有清水来，从古流到今。

松古拉奇，水尾的头，水尾头村。占着一条人工大渠，守着渠首，管着沙漠边缘的水资源，历史上就成为这一大片区域的中心。

长河流淌的是滔滔不绝的松古拉奇。喝下一口水，就喝下了一百个一千个一万个松古拉奇。新疆是放大了的松古拉奇，松古拉奇是缩小了的新疆。

　　松古拉奇人早就从那段历史中走出来了，只有几个老人还知道上几辈人的荣耀。地上总能长出草来，地里总能种出庄稼来，这片人文的土地上也总能长出"新"来，地汉（农民）也总能在文化的地里种出"寅"来，可是，他们固执地在嘴上保留了另一段历史，不再出"新"不再出"寅"，守着一段"旧"。"公社"和"大队"早就成历史了，但松古拉奇人还是顺畅地顺溜地顺嘴地"公蟹（社）"和"大队"和"小队"，村委会主任就是大队"将"（长）了，下面就是小队将（长）了。乡长的"乡"倒是跟了上来，但乡长成"将"了。

　　因为那段历史深刻，公社还在；因为那个名称有力，大队还在；因为那个声音上口，小队还在。更大的"因为"是因为词语的惰性太强太大，大到在维吾尔语中沉淀下来。松古拉奇还将有外来的东西。

　　从松古拉奇坐车到喀什噶尔古城，一路上不是成排成排的杨树，就是成片成片的农田。大约半个小时后，原先平展展的农田上，几栋高楼顶天立地。在松古拉奇待得久了，那几座孤岛似的楼很抢眼，突兀，也多少有点怪异。它们是会漂移的"怪兽"。不动声色地望着脚下的乡村。伸向天空的白杨树一下子就矮小了。再往前，楼房就成了科幻大片上群山一样的怪兽兵团。庞大的兵团正不紧不慢地向松古拉奇移动。

历史长河中的松古拉奇

唐太宗李世民驻达曼州，唐军的一支队伍的官兵马上手握缰绳，不紧不慢却很威武地行进着。

这是"拍摄"于公元640年至648年之间某年某月某天的一段"视频"。

队伍行进在今天疏勒县境内克孜勒河两岸广阔的土地上。克孜勒河沟深、岸高且陡的一段，河南是今天的羊大曼乡，河北是松古拉奇。且慢！今天的松古拉奇失去了清代湿漉漉的"水霸"的霸气，准确地说，河北是今天的喀什市英吾斯坦乡，而松古拉奇"沦落"为英吾斯坦乡的村，一个仍不失当初大气的村，许多早已划归他村的人还念念不忘松古拉奇，不忘松古拉奇直到几十年前仍存的磅礴，在大河两岸广袤的土地上声名远播。唐军在这一带行进时，松古拉奇是达曼州的辖地，其时还未露峥嵘，但已在帕米尔高原下的缓坡上享受着原始胡杨林中水草丰足羊肉肥美的天赐。后来，松古拉奇失水，脱水，地下水往外冒的美好过去了，贫瘠随之而来。贫瘠却反而变为松古拉奇成为"水霸"的冲动，在清政府派驻喀什的道台（官职）支持下，松古拉奇人哼哧哼哧挖了条几十公里的大渠，从喀什古城下引来了吐曼河水。近在眼前的克孜勒河因为沟深、岸高且陡，反成远水不解近渴。大渠流水，松古拉奇一带有了新地名英吾斯坦（新渠），而新渠的终点在今天的松古拉奇村，就又有了新地名 —— 松古拉奇，水头，水尾巴的头，水头松古拉奇诞生。

松古拉奇还享用着"矿泉水"，唐军连同松古拉奇一起收复的时候，唐太宗没有来过这里，更没有来过松古拉奇，他的军队带来了他的旨意，他的意志泼洒在这块疆土上，也泼洒到松古拉奇。松古拉奇近水楼台，在著名的安西四镇中的疏勒镇的身旁，镇下达曼州的身边，州下寅达曼的身上。唐太宗敕书的下半张覆盖了松古拉奇。

唐太宗和松古拉奇就有了转了个弯的关联，弯不大，转了弯就直上直下。千丝万缕，扯不断。

当然，那时候还没有松古拉奇这个地名，羊大曼最早的译名寅达曼很文雅地出现在史籍中。

一个是万里之外宏大而豪华的皇宫，一个是天涯"漠"角再大也大不过皇宫的戈壁绿洲一隅。这戈壁绿洲对唐太宗来说，只是文书上的几个文字。当地每天为生计奔忙的人不会知道，大唐皇帝间接地"赐"给这里"达曼"和"寅达曼"的地名。

沿着松古拉奇的乡村道路南行，不远处就是克孜勒河大桥。一过桥就穿越到了唐朝，寅度州，寅达曼，也同时来到了今天的羊大曼。一河之隔。西边还有一条河，叫吐曼河。可以说，松古拉奇属两河流域。有水就有草木，有草木就有人和动物。寅达曼出现的时候，松古拉奇大地布满了村落，归寅度州管辖。

那时候，松古拉奇最多的不是人，是胡杨，绵延几百公里。红柳和芦苇也随处可见。今天，大片大片的红柳依旧红红火火，密密丛丛；有的红柳营地上一堆堆大土包，土包上一丛红柳，人称红柳包，包包挨包包。当年，新疆虎出没于树林和草丛。老虎不见了，狐狸家族总算延续下来了。我住在松古拉奇的那栋小楼上，清晨经常听到狐狸和狗的声音此起彼落。狐狸在麻扎里的新坟上挖洞，铁力瓦尔德他们赶紧去堵上了。几个松古拉奇女人言之凿凿地说，狐狸在棉花地里袭击一个女人，想要吃人，女人负伤逃走。我采访过的那个四川人在松古拉奇包地，把只小狐狸当狗养，养着养着不对劲了，味道太大，臭得很，也急得很，凶得很，后来才知是狐

狸，放走了。

有老虎的时候，松古拉奇还有人类的马队，马队不时风一样来，又风一样去。

当年唐太宗李世民驻达曼州，唐军的一支队伍的官兵马上手握缰绳不紧不慢却很威武地行进。这样的情景已深深印嵌在这片大地中，流入滚滚历史长河中！

"拉奇"之水

你能说拉风，我就能说"拉奇"。你说谁谁拉风，我说这个地方"拉奇"。拉什么奇？从头说起。

松古拉奇的"拉奇"，连维吾尔人都称奇。那天，一个外地维吾尔小车司机听我说了这名称，愣了一会儿，想了好半天，说，这就不像维吾尔族名字！我说，地地道道的维吾尔族名字，土生土长的维吾尔族名字。

这个名称是从水里长出来的，水贵如油的大沙漠边上的"水生名称"。

松古拉奇是喀什的两河流域，南有克孜勒河，就在松古拉奇旁边；北有吐曼河，穿喀什古城而过，远了些，但一条人工大渠就让吐曼河水近在眼前。挨着克孜勒河，怎么就舍近求远呢？说出来都是泪，前人的泪。克孜勒河河床太低，河岸太高，耳听着流水声却用不成。那么，挖大渠之前呢？那时候的松古拉奇漂在水上，地势低点的地方就汪着水。萨吾拉洪老汉人老声不老，声音洪亮地说，那时候一坎土曼就能挖出水来（坎土曼是铁制农具，锄地、挖土）。高地上的人挖个坑，水自己就出来了，低地上有天然的大大小小的涝坝（露天蓄水水塘）。于是，迁移到这里的人慢慢多了起来，村落也慢慢形成。后来，松古拉奇这艘船搁浅了，水不知道跑哪去了，地干了，草不多了，树也少了，不少人陆陆续续地迁走了，苦日子开始了，地上流蜂蜜的地方变成阿其克（苦水，苦地）了。

离松古拉奇不远的一个地方就叫阿其克，小时候就听大人说，那个地方的水又苦又咸，所以就叫阿其克。还听大人说，某某县的女人不生孩子，因为那里的水不好。长大后再没听人说过，这个说法有没有根据我不知道，松古拉奇人却有根有据地说，谁谁的爸爸的爸爸说了，那时候这地方的水变得又苦又咸，可是羊肉好吃了。谁谁的爷爷的爷爷说了，那时候的羊肉就是比水多的时候香了，一家煮羊肉，全部地方的全部人（新疆少数民族说汉语的风格）都能闻到香味，外面的人都跑到这里买这里的羊。

羊肉再香，缺水还是人受罪，水缺得厉害，肯定是先顾人再顾羊。

吃了大块羊肉的男人们，都去挖大渠了，挖出个新地名来：英吾斯塘，新大渠。这可是个大工程，要把大渠挖到二十多公里外的喀什城外那个叫克然巴格的地方。克然巴格挨着喀什古城，吐曼河从这里流进古城，河岸两边的人守着吐曼河过日子，对松古拉奇人来说，河里流的是牛奶。

"英吾斯塘工程"是住在北京的皇帝派过来的喀什道台（官职）支持的。二三十年前，在临近松古拉奇的村子里，我亲耳听到过维吾尔老人说，道台，马道台。现在，估计知道道台的老人都不在了。从相关的资料看，这项工程很可能是从民间行为变为官方行为，也许可以说是喀什道台主持的工程。

吐曼河里的牛奶终于流到了羊肉变香了的地方。

被羊肉香坏了的人，一定也是高兴坏了。牛奶流到了他们的心里。渠水冲走了忧，洗掉了愁，灌满了喜悦，身体和心一下子轻了，定了。

不知道他们是不是担心羊肉不香了。

好景不长。松古拉奇大渠断水了！松古拉奇人的心提了起来。是克然巴格那边的人断的水。简直就是想要断松古拉奇人的生路！萨吾拉洪老汉说，听爷爷辈的人说，松古拉奇男人提着坎土曼，拿着棍子，要去克然巴格说理，说不通就动手。我问，那边为啥要断水？萨吾拉洪老汉说，可能是那边的人看我们从他们的上面取水，觉得这边占了他们的便宜，也可能觉得影响了他们那边的流水量，还有可能是克然巴格的人不计较，是城里的人鼓动的。我问，喀什道台不是支持大渠工程吗？萨吾拉洪也问，道台？什么道台？我急忙说，巴西！喀什的巴西！巴西是头领的意思。萨吾拉洪老汉重重地长长地哦了一声说，不知道！我只好推测，可能是道台换了人。我又问萨吾拉洪，打起来没有？回答很肯定，没有！说当时有个野氓（厉害）女人不让男人去打架，劝住了，野氓女人领着几个男人去城里找巴西。城里的男人巴西和稀泥，让松古拉奇人从下游引水。松古拉奇人就成了喀拉（牛）。

喀拉们又开始挖大渠。农民（维吾尔语称地汉），一年到头在地里干活的汉子，不去地里就没有馕（烤制的面饼）。当年的松古拉奇的地汉是最苦的地汉，也是最坚韧的地汉。

苦尽甘来。曼妙的吐曼河引来了一条松古拉奇河，吐曼河水的一部分变身松古拉奇水。吐曼河河水不是高原上流下来的，是从地下冒出来的。河岸被白白的雪盖住的时候，河水冒着热气，轻纱曼妙。有维吾尔人说，吐曼是雾，像雾河。还有维吾尔人说，吐曼是很多眼泉汇成的河，所以叫万泉河。从此吐曼河有了自己的姊妹河，她就是松古拉奇河。

松古拉奇因为拥有松古拉奇河，成了大漠一隅的中心。

松古拉奇人把乡政府所在地叫巴扎。巴扎，意味着中心。松古拉奇有了能装下四面八方的大巴扎。每年夏收过后，松古拉奇地汉提着一袋小麦到大巴扎上换薄皮包子吃。松古拉奇有了能装下未来时间的学校。小毛驴把疏勒县的孩子驮到松古拉奇学校。

一条人工大渠，聚合起这里的动物、植物和人类；一个六合巴扎，聚合起这里所有的人和财物；一条通天大路，把这里的人和财物送出去，把外边的人和财物送进来；一所百年学校，把这里的巴郎（孩子）和外边的巴郎变成当时的新新人类。那条大渠，到此为止，又向周边扩张，条条小渠是毛细血管；那条大路，通向喀什噶尔，也直通中原；那个巴扎，无意中成为一个地方的中央；那所学校，让松古拉奇孩子知道还有个外面的世界，外面的世界还有外面的世界。

柔软的水，构筑起松古拉奇的传奇。我热爱这片土地。

一天不挖出点松古拉奇的人和事，我就沮丧；每一天都在为松古拉奇活着，一天不为松古拉奇写点什么，就睡不着觉，我情绪失控，发火，都是因为采不到松古拉奇的新材料。

松古拉奇长得很平常。没有山，也就没有高高低低凸凸凹凹，没有曲线，没有气势。但，看似平常的乡村却不平常，看似平凡的乡村却不平凡，看似平静的乡村却不平静。

闻声就觉得美，听音就觉得奇。

因为水。

驼哥是件事

　　驼哥一来到巴扎（集市）上，就成了一件事。

　　挨着巴扎不是巴扎的地方也叫巴扎，老喀什汉族人不说逛街说逛巴扎，有逛大街也有逛集市的意思。红河也就是克孜勒河北岸的松古拉奇很大，松古拉奇村比内地一个乡大，巴扎很小，小得只有城里一个角落大。真正的巴扎外面的巴扎是个十字路，东西不过三四百米，南北就更短了，一二百米，可在松古拉奇这就算是长安街和大十字（新疆乌鲁木齐一条著名的街）了。巴扎天（赶集的日子）人比车多，密密麻麻的，车比人慢，人把车逼成慢腾腾的牛车，一点都牛不起来了。平时车比人多，来来往往的，汽车、拖拉机、摩托车、电动车，最多的是电动车，因为人少不成众，小小的电动车都比人牛气，跑得比当年的马还要快。松古拉奇人也爱在巴扎上看热闹，因为生活的大部分时间里都装满了平淡无奇，闭着眼睛也能看到一些人卖，一些人买，还有一些人不是闲逛就是干坐着，不会有什么事发生。天一黑，饭店就做关门的准备了，外地人不抓住时间吃饭，一晚上就别想吃饭了。巴扎跟着回家睡觉的太阳很快就冷清下来，路灯清冷，孤零零的，显得有点多余。

　　驼哥就是在天黑以后来到巴扎的，大模大样的，目不斜视的。

　　我没想到驼哥会成一件事。开始，我以为巴扎上只有我会把驼哥当成一件事。驼哥不是人，也不是驴，也不是马，是骆驼。维吾尔人把骆驼叫驼哥，要是认真点音译就该说是驼嘎，可还是合不上缝。翻译这活儿，只能是个大概，意思能翻腾出来，味道全变。再说了，有种鸟都能当哥，这大骆驼当个哥就更可以了。

我知道我自己一看到驼哥是个什么样子，驼哥被人牵着，我被驼哥牵着，两只眼睛被牵着，两条腿也被牵着。我对自己一点都不奇怪，因为，俺是城里人。俺没想到的是，驼哥是沙漠里的船，可沙漠边上的人把驼哥当稀罕看。灯光下的人，暗处的人，行人，都看稀罕。牵着高高大大的驼哥的地汉（农民）是个矮个子，牵着驼哥就显得更小了。矮个子和驼哥立在马路边，五六个年轻人围拢过来，看着说着，有的边看边说还笑嘻嘻的，离驼哥最近的抬手捅一下驼哥很有曲线的脖子，驼哥尖尖叫两声，叫声中骚扰驼哥的急急后退几步。一辆带篷的电动三轮放慢了速度从驼哥身前过去，车里一个人扭着脖子费劲地透过车窗看驼哥，就像看外星人。一个亭亭玉立的小女孩一看就是个学生，站在驼哥身下，保持距离，立正姿势，定定地看，像是行注目礼，也像是聆听老师训话。

驼哥是夜幕下的巴扎上灯光下的明星。东张西望的，看得出来，主人很少带他上巴扎。人把他当回事，他不把人放在眼里，对人，也就是扫一眼，对马路两边的灯和灯下的房子，看了又看，望了又望，看了这边看那边，望了那边望这边，就像村里小伙子头回进城。我走近了驼哥，才长成的驼，一问主人，果然。来到松古拉奇快一年了，我还是第一次在巴扎上看到驼哥。从小到大，虽说不是经常见到骆驼，也没少见。喀什噶尔城边的公路上，时不时地有骆驼晃悠，还用手机拍过。艾提尕尔广场上，香妃墓里，天天都有骆驼上班。我给命名的达瓦昆旅游景点里，好几峰骆驼比人守纪律，比人的工作表现好，骑在他们身上，就像坐在风浪中的小船上。小时候我上小学的那个兵团团场，养着一大群骆驼。那次几个养驼人在骆驼的鼻子下穿孔，流血，惨叫，穿完了孔，养驼人就给受了伤的骆驼喂苞谷面窝窝头，骆驼好像忘了伤痛，张开大嘴就吃。那个场景刻在了我的记忆里。

这天晚上，巴扎上只有一峰骆驼，只有我一个汉族人。巴扎上的人只对驼哥有兴趣，牵驼的矮个子看看我，又看看我，我和他眼睛连线后，他用力对我点点头，点了头就不再看我，让我觉得很受用，很自在，很舒服。我靠近驼哥，想仔细看看。驼哥一个大转头，我吓得急急后退，牵驼的矮个子并没用眼看我，嘿嘿嘿笑起来，用不标准的汉语对我说道：怕不要。我用维吾尔语说，还做了个嘴上喷吐动作，意思是骆驼不高兴了会喷人。他眼睛看着别处说，不会。问他你的骆驼？他说才买的。多少钱？他说了个数字，正好是我用维吾尔语数指头才能给自己翻译过来的数，他不等我数完就两手猛抓住我右手，压倒我的拇指和食指，捏住剩下的三个手指，我说，三千？他摇头，我说，八千，还是摇头，动动我的中指，我糊涂了。他终于说了句汉语，七千五！

他叫穆萨姜，八大队（村）人。个矮，身体倒挺宽。他不算是驼哥的新主人，星期天就要把驼哥牵到喀什噶尔的大巴扎上卖掉。驼哥的老主人是松古拉奇村的斯塔弘。我去过斯塔弘家，还在路上就听说斯塔弘养骆驼。顶棚高高的羊圈里，顶天立地一峰骆驼。穆萨姜说，驼哥最少可以给他带来一千块钱的收入。

个小体宽的穆萨姜和大个子驼哥，在巴扎上一站就是十几分钟，搞展览似的。他说在等他的弟弟。不一会来了个比他还小的人，个矮不说，身体还细细的。弟弟还没站稳，哥哥就把缰绳递了过去。来了辆还没驼哥腿高的电动三轮，带篷的那种。弟弟上了车，有人帮着弟弟从车窗上递进缰绳。哥哥也上了车，进了驾驶室，像个大领导。

人在车上，驼哥在车旁，车在驼哥身下像小孩的玩具。车开动了，驼哥跟着动了。驼哥那步伐，不紧不慢，一步一步很扎实。车快了，驼哥小跑起来，一颠一颠，看着很笨，其实挺灵巧。那种大灵巧的大笨拙。

驼哥和车化了，一点一点化在黑夜里。

老爸的毛驴和儿子的电动时代

　　松古拉奇村的陀乎迪·毛拉有辆电动三轮车，可他还是养了一头小毛驴，因为他老爸78岁了，老爸出门自己赶驴车。毛驴属于老爸，电动车属于儿子。

　　老爸毛拉·阿吾提是骑着毛驴长大的，也是骑着毛驴变老的。

　　儿子陀乎迪·毛拉也是在驴背上长大的，却是在电动三轮车上从青年走向了中年。

　　老爸老得骑不动驴了，出门就坐在驴车上晃悠。

　　儿子不会骑驴了，那天在我的一再要求下才跨上驴背，晃了几晃，呃了几声。

　　老爸不喜欢坐儿子的电动车，没驴车那么舒坦。儿子好多次想用电动车送老爸去老爸要去的地方，老爸非要自己赶驴车去。

　　儿子陀乎迪·毛拉和老爸毛拉·阿吾提对毛驴的认识也是不一样的。儿子说，毛驴子公驴不好母驴好，因为母驴会生小毛驴，小毛驴能卖钱，一头小毛驴最少能卖一千块钱，最多三千块钱。儿子还说，我养了一头母驴，不养公驴，公驴白吃草，白吃玉米。老爸说，公驴母驴都是好驴，公驴有劲，跑得快，就是发情的时候脾气大；母驴能生小驴，能挣钱；毛驴就是骑的，拉车的，就像现在的电动车和汽车，能骑、会拉车的就是好毛驴。老爸还说，电动车跑得快，可是很费钱，毛驴跑得慢，不花钱就能养活。

儿子对老爸的驴恶声恶气。

老爸像照顾小时候的儿子一样照顾驴。

那天我在陀乎迪·毛拉家发了玩性，牵驴，驴使劲低下头去，前蹄使劲抵住地面，陀乎迪·毛拉大声呵斥，骂骂咧咧的。老人边说别着急边慢慢走到驴跟前，轻轻拍拍驴背，又慢慢走到驴的身后，轻轻拍拍驴屁股，驴就跟我走了。

我对陀乎迪·毛拉说，你老爸把毛驴当朋友，当家里人，你呢？陀乎迪·毛拉使劲摇头，人是人，驴是驴，驴怎么能跟人比？！怎么能跟人做朋友？！我爸老了，老汉！人老了跟巴郎（小孩）一样！

老爸毛拉·阿吾提说，人发脾气的时候，被形容成驴脾气，毛驴没有人骂的那么坏，不是那个样子的，毛驴不坏，也不傻，毛驴认人，可就是脾气有点犟，也不会像狗那样摇尾巴。驴在家里养的时间长了，就变成家里的一个人了，你对它好，它心里知道，很听你的话，你也不用怎么喊它，它就知道怎么赶路，怎么拉车，怎么干活，轻轻对它说一声它就什么都知道了，骑在驴背上打瞌睡，躺在驴车上睡觉，它自己就能回到家。你经常去的地方，只要你朝那个方向走，它就知道你要去哪里。我这个儿子，小巴郎，傻郎鬼（傻郎：傻子；鬼：家伙。傻家伙），不知道毛驴的好，现在的巴郎子都不知道了。

老爸毛拉·阿吾提和儿子陀乎迪·毛拉在村里都是有文化的人。

儿子是初中学历，在村里也算是有文化的人。学历不学历的不重要，儿子爱想事，一天到晚闷着声，绷着脸，独往独来的。可以几天不说话，说起来就没个完。

老爸有份重要的工作，为松古拉奇一带所有的死者送终，他不到场，死者就不算是死了，死了等于没死。他琢磨生死，常说，人睡觉，是小死，到麻扎（墓地）睡觉，是大死。还说，在麻扎里躺着是睡大觉。

儿子整天琢磨地里的事，搞完了地里的事，又琢磨怎么挣点外快。他说，有个很奇怪的事，地汉（农民）就是种地，地里的事才是正事，种地挣不了多少钱，外面那些乱七八糟的事能挣钱。然后，发一通牢骚。牢骚归牢骚，他还是把地里的事当正事。

　　老爸毛拉·阿吾提看我对驴有兴趣，来了情绪，一个劲地对我说。儿子打断了老爸的话，老爸不高兴地嘟囔了几句，停止了絮叨。儿子不让老子说，自己说，说他几天来想得最多的事。他说大队（村委会）让他当后备干部，他不想当。我就是个地汉（农民），什么都不会做，就会种地。爸爸老了，娃娃还小，我怎么办呢？钱少就不听话，钱越少就越不听话，钱多就听话，钱越多越听话，这个干部怎么当？怎么办呢？掐大客（难事，问题，麻烦）！我说，有书记和大队将（长），你先跟着干就行了，还是让你爸爸讲你家毛驴的故事吧！他说，毛驴子能有什么故事？！吃草！喝水！拉屎！拉车！有时候一边拉车一边拉屎！爸爸就让驴停下来，下车把驴屎装到袋子里放到车上。爸爸一边捡驴屎，一边对驴说，不懂事的驴，这么好的驴屎不拉到家里，拉到外边！驴粪比化肥好！化肥不好！都说化肥不好！儿子陀乎迪·毛拉说完就笑了，问我，这也是故事吧？我急忙说，是故事，好故事！陀乎迪·毛拉又用他不太标准的汉语说："爸爸老了，上车下车困难，可是爸爸为了那几坨驴屎，小巴郎一样慢慢地爬下来，后面又慢慢地爬上来，太困难得很！老汉！老了！还有一个事情我不高兴，毛驴子嘛，慢慢地走！太慢得很！他嘛，三天五天就要出去，有的时候去的地方远得很，我说嘛，电动车去，快快地去了，他嘛，不愿意，自己嘛，驴车慢慢地去！我说话他不听！"老爸也许是觉得有机会说话了，就说："驴车上睡觉睡得好，要去的地方，驴知道，睡醒了，就到了地方。儿子的电动车，颠得很，有的时候跑得快了，头晕！老人说着像是有点激动，说，人坐在驴车上才像人，坐在电动车上像拉的什么东西，不像人！驴车车顶是平的，电动车车厢是个坑，坐在坑里像人吗？！坐班车也是，挤得很，人挤人，驴车上想坐就坐，想躺就躺！有几次坐电动车上，颠过来颠过去，就像土块和石头！"

我问老人，多长时间没有骑驴了？老人说："很长时间了，十年了吧？以前身体不太好，有病，现在老了，骑不成了！我也快到麻扎里睡大觉去了。麻扎里睡觉一定比骑在驴背上的吾渠鲁克（驴垫）舒服。"说完，幽默的老人笑了。我说想看看吾渠鲁克。

马背上的是马鞍，驴背上的应该叫驴垫。马鞍两头翘，有各种样子的；驴垫两边垂，方方正正一块麻布包裹毡片成垫子，驴背上的"马鞍"，我从小到大看到过的就那一种样式。

老人毛拉·阿吾提拿来破旧的驴垫摊在地上。发黄，发灰，断线，开裂，露出毡片。不是驴垫是文物。

老人郑重其事地说道，吾渠鲁克！乡间已经很少能看到晃晃悠悠骑驴的乡人了。阿凡提不骑小毛驴了，驴的故事就少了，就要成故去的事了。不骑驴的阿凡提还是阿凡提吗？

回去的路上，又见松古拉奇女人开着电动三轮车跑得飞快。真猛！我对陀乎迪·毛拉说，野氓（厉害）阿雅乐（女人）！陀乎迪·毛拉不笑，也不接话，他觉得太平常了。

骑驴人两腿一夹一夹地晃动，驴腿往前走，人腿往两边晃。人腿那么一动，驴就不偷懒了，人的两腿使劲拍打几下驴肚子，驴就跑起来了。

小时候，老爸先把儿子搁驴上，然后自己才上去。儿子在老爸怀里，也在驴背上，老爸和儿子都在驴身上，驴在乡村的土地上，一颠一颠的……

但那都是过去的情景了，时代在进步，生活方式也发生了很大的变化，乡村的景象，乡村的生活都在不知不觉中改变着。

"数字石头"

　　松古拉奇的石头不是石头，是一个人。松古拉奇的石头叫塔西·麦松，塔西就是石头的意思。瘦高的塔西石头当过会计，对数字很敏感，讲着讲着就是一串石头一样硬的数字。

　　当会计的好像都是瘦子，松古拉奇村现在的会计也是个瘦子。他说，1956年到1960年四年间，他在松古拉奇上小学。

　　很早的时候，松古拉奇小学就有厨师，现任村支书的爷爷就当过这所学校的食堂大师傅。必定是100年前松古拉奇村就有了学校，村里就有了重学的传统。塔西·麦松上学的时候，学校撤销了食堂，但松古拉奇大队让学校附近的小队食堂给学生做饭。食堂给学生蒸馍馍，没有菜，就想办法变出菜来。一到春天，苜蓿能当菜，还有种树叶也可以当菜，小队和食堂的人每天一大早就去采。他说，他是学生代表，每天带着一两个学生去食堂打饭。他说，孩子每月的粮食定量，按不同年龄分8、10、12斤，大孩子每月22斤。有些社员悄悄到喀什噶尔城里去卖扎根（苞谷）馕，那时这算是投机倒把。要是让"市管会"的人抓住，就会被"严肃处理"。"市管会"的全称是市场管理委员会。

　　上完小学，塔西石头成了公社中学的住校生。每天早晨给每个学生发1个白面馕，中午还是1个白面馕，晚上是汤饭。学校只收书本费，家里交不起，他就自己想办法，每天省下1个馕。那时候，白面馕不容易吃到，算是上等美食。他把每天省下的馕偷偷带到巴扎上卖掉，一个白面馕可以卖出一块五毛钱的高价。每个星期五，学校给每个学生发1公斤苞谷面。

他把苞谷面带回家，爸爸妈妈特别高兴。第一次带回家时，妈妈捧着他的脸亲了半天。"文化大革命"时，他已经是社员了，骑上毛驴到处转，偷偷摸摸地贩牛贩羊，也搞起了"投机倒把"，为家里挣点生活费。

多数时候参加队里的劳动，每天最多挣15个工分，折算下来是5分钱。每月定量的粮食从每月22斤增加到28斤，队里按14斤小麦、14斤苞谷发到社员手里。那时候，对孩子的定量做了调整，0到6岁的孩子每月5斤（小麦、苞谷各半，下同），小学生每月14斤，中学生16斤。

有定量，但没有那么多的粮食，经常是队里想尽办法从外面买粮食，社员自己出钱，出不了钱的就先记账上。

1962年，松古拉奇缺粮。塔西·麦松说，新疆维吾尔自治区党委书记王恩茂来到英吾斯塘公社。王恩茂还到公社敬老院看望老人。塔西·麦松强调，敬老院是王恩茂来之前建的。一些地汉（农民）围着王恩茂哭。很快，就从外地调来了粮食，分给了大家。

塔西·麦松说，1980年，松古拉奇分田到户，当时在全公社算是领先的，一年后粮食就多了，还给国家卖了粮食。很快，白面馕多了，不吃苞谷面了，扎根（苞谷）馕没有扎住根，很长时间都见不到了，现在又有了，不过，成了点心，挺贵的，城里三块钱一个。塔西·麦松一声感叹：多亏了邓小平！

塔西·麦松就是松古拉奇的活石头，是松古拉奇的"数字石头"。

马穆提·帕克朗的天旗

　　七十三年前，地汉（农民）帕克朗的老婆生下了一个儿子，起名马穆提。我喜欢帕克朗这个名字，别致，还有点雅致，因为少见就显得不那么普通，不那么大众。有着很好听的名字的帕克朗给了儿子一个很普通很大众的名字马穆提，全公蟹（社）不知有多少个马穆提，没有一千个，也有五百个，村里人给我这个汉族人，起的维吾尔名字也叫马穆提。现在要说的帕克朗的儿子马穆提·帕克朗虽然有个满大街一抓一大把的名字，说起话来做起事来却是一百个人里头也很少见的，五百个人里头也是少有的。喜欢谈论大事，喜欢掺和大事。他家里的墙上，贴满了马恩列斯和新中国历代党和国家领导人的画像。一个种了一辈子地的地汉（农民），和人聊天的时候，特别是和干部，说着说着就扯起了听着很深奥的事。

　　老帕克朗在儿子马穆提·帕克朗12岁的时候就去世了。我问马穆提·帕克朗，爸爸是不是很有个性，脾气也大？他摇头说不是，还说，爸爸的事他知道的太少，爸爸死的时候他还小。马穆提·帕克朗长大后很有个性，在村里是个让人注意的人。当过小队将（长），大队（村委会）会计。

　　那天，一群地汉坐在路边的树下，男男女女老老少少，女人一小堆，男人一大堆。我跟着十村工作组和村干部入户走访，我们的电动三轮车路过那群人聚集的地方。开着电动车的大队将（长）停车问怎么回事，说是闸口分水的事，还有水渠归属权的问题。大队将（长）把车停在人堆旁，一车人都下了车，融入人堆里。一个抱着孩子的男地汉（农民）看了看我说，来了新干部。多数人都对我这个生人没什么反应。人堆的中间坐着个精瘦的老汉，对我看了又看。他就是我当时还不认识的马穆提·帕克朗。一张农村会计黑瘦的脸，一看就能让人记住，一看就是个很有主见的人。他指着我问村治保主任："这个新来的干部是做什么的，不是驻大队（村委会）工作组的吧？"我们两个相互对视着，谁也没有回避谁的眼光。

地汉（农民）们都争着说话，几个女人也尖着嗓子嚷嚷。马穆提·帕克朗说得最多，一说众人就安静下来，看得出来，大家愿意让他多说，也愿意听他说。看样子是个有争议的老问题了。说着，马穆提·帕克朗就说，都到闸口去看看。他的用意当然是明显的，让村干部和工作组成员为大家争取权益。那一大堆人里有几个骑电动车去的，也有几个上了我们的车，马穆提·帕克朗就在其中。车上，他也是不紧不慢地不停地说。到了现场，自然是马穆提·帕克朗给村干部和工作组成员解说。马穆提·帕克朗笑容满面地看着我，很友好地点头，伸出了手。我的手和马穆提·帕克朗的手第一次握在了一起。

返回的路上，马穆提·帕克朗几次说到他家去，吃点瓜吃点馕。一车人没一人接话，做拉面做抓饭也行。可没有一个人接他的话。马穆提·帕克朗的家在大路边，快要到他家时，他再次发出邀请，还是没人吭声。车还走着，马穆提·帕克朗跳了下去。尽管驾车的大队将（长）没有接话，还是调转了车头，马穆提·帕克朗一看，一下子来了精神，跑了几步，跳上车来。在马穆提·帕克朗家，甜瓜、西瓜、无花果、馕，一大堆。他不停地说话，说着说着就说到了邓小平，还提到了江泽民、胡锦涛、习近平。他说，邓小平搞改革，把地承包给农民，生活一下子就好了，馕多了，肉多了，什么东西都多了。在院子里，他指着一台正在运转的洗衣机说，有两台，电视机也有两台。他还领着我们看了他新建的砖房（政府出资盖起的富民安居房）。

马穆提·帕克朗特意带我们参观他的"画像室"。挂满了伟人像、领袖像，有的已经发黄，有的一看就是新挂上去的，有毛泽东与和田那位著名的库尔班大叔握手、邓小平和江泽民在新疆、周恩来向人群挥手致意的照片。还有习近平总书记来新疆的照片，他指着墙上的照片又说了很多，还指着一张黑白相片问那是谁？像是故意要考问我们似的，我和党校的米吉提异口同声地告诉了他，他像好学生一样大声说了句：周恩来！马穆提·帕克朗还朗声说道，他想把马克思、恩格斯、列宁、斯大林、毛泽东的画像和照片都凑齐了。

这是一位农民的一间不是书房的书房，不是画室的画室，不是画像博览室的画像博览室。

"地汉" 升旗

　　协警玛慕提·拓赫提向国旗敬礼，仰起脸，仰得不能再仰，行军礼的手跟着一张严肃的脸走，掌心向外，一身黑色制服，很有几分肃穆。协警图舜江·麦麦提站在凳子上送国旗向上去，瞪大了眼，绷紧了脸，后脑勺朝地。治保主任、民兵连长亚森江·达珉刺蹲在地上守着音箱放送国歌。经常吵吵嚷嚷、一张脸总是似笑非笑的大队将（长）卢扎洪·艾鄯，这时候老老实实、安安静静的，本来就黑的脸更黑了。村支书玉素甫·穆萨那张和善的脸少了几分和善，多了几分庄严。一群习惯了在地里干活、说话大声大气的地汉（农民），算是整齐地排着队，一个个大气不出，全都仰着脖子。亚森江·达珉刺尽管穿着拖鞋，卷着裤腿，一只眼睁着，一只眼眯着，两眼装满了认真。不远处正在铺水泥路的外村的地汉（农民）全都看着这边，停下了手里的活，就像看他们喜欢的文艺节目一样，他们每个人和红旗下队伍里的人一样安静。这是松古拉奇大队（村委会）在新址的第一场升旗仪式。

　　前一天，恰克恰克奇（玩笑人）、大队将（长）卢扎洪·艾鄯粗着嗓子让亚利把三轮电动车开上，拉来了长长的旗杆。大队将（长）和亚利一人一头卸下旗杆，卢扎洪不停地呵斥亚利，亚利尽心尽力，一声不吭。为旗杆挖坑时，亚利挥动坎土曼，卢扎洪挺着圆滚滚的肚子一旁看着，时不时喊几声。其实，他不是喊，他就这么说话。亚利干着干着，卢扎洪就真喊了，像老爹训斥儿子，还动手不轻不重地打了亚利一下，那一下，是卢扎洪代替语言，想让亚利知道什么，亚利低头不说话，如果旁边有什么不知情的人，一定以为他们是父子。不一会儿，卢扎洪又嚷嚷了几句，亚利这次是不轻不重地回了句什么，卢扎洪没说什么。从头至尾没说一句话的村支书玉素甫·穆萨低声说了亚利几句，声音不高却很严厉。玉素甫·穆萨又是喊又是叫地立旗杆，双手举着重重的旗杆，身上一处处圆圆的地方更圆了，身手车轮一样运转，一看就是经常干活的人。我对亚利说，大队将（长）像你的爸爸。亚利急忙摇手，嘴上说不是不是。我对卢扎洪说，亚利像你的巴郎（巴郎，男孩子），卢扎洪黑黑的脸上全是红红的笑，不说话。我对二人说，你是爸爸，你是儿子。亚利很严肃地又是摇头又是摇手，卢扎洪嘿嘿笑出了声，露出黄黑黄黑的牙。

第二天一早，高高的旗杆下慢慢聚满了人，村支书和村干部、大队将（长）和小队将（长）、民兵，除了我，全是地汉（农民）。大家说说笑笑的，一时间气氛像快要开了的水。我看近旁的电动三轮车有点碍事，就上车接通了电源，要把车移开。大队将（长）卢扎洪高高一声，粗粗一嗓子，嗳！指了指半空中的国旗。他以为我想离开，不让我走，没说出来的话是：国旗的事，这么严肃认真的事，还想走？不能走！

地汉（们）在村支书的招呼下，向旗杆下聚拢，一下子就安静下来。大家挤成一堆，村支书说，喀塔（排队）！喀塔！大家静悄悄地排成队，四路纵队。村支书玉素甫·穆萨站在前排最中间，其他村干部也都很精确地站在自己的位置上。大家不说也不笑。大队将（长）卢扎洪不诈唬了，变成了乖孩子。国歌声响起，所有人都仰望国旗。国旗在蓝天下，地汉在国旗下。一群地汉（农民）在心里用劲。这是为第二天的升旗仪式进行的预演，或说是彩排。

国旗在他的心中是神圣的、庄严的，每一个地汉心里都暗暗地使劲，为美好的明天！

一尊树桩坐像

　　天上是大半个月亮，地上是一小堆炭火。炭火红红的，四五块，像燃着的石头。坚硬的煤块，坚硬地燃烧，坚硬的炭火。天上的冷月发光不发热，看着觉得冷冰冰的，地上的火石发光又发烫，看了觉得热乎乎的。冰块一样的月亮远在天边，小太阳一样的炭火近在眼前。

　　红红的坚硬的发光发热的石头在松古拉奇巴扎的大冬天里的大路边上，点燃了温暖。吾西拉宏·阿弥提老哥是老树桩，乍一听会觉得不理解。他只有半个身子，下半身还在，残了，扭曲的，伸不开，当然也就更不可能伸直了，僵硬在那里，左脚可以说几乎是大反转，脚尖直直对着身体的右前方，离脚后跟朝前只差三四十度。两腿太像老树根了，上身是树根扭结在一起的树桩。吾西拉宏·阿弥提老哥就是会说话的老树桩。

　　吾西拉宏·阿弥提老哥的路，让一万个松古拉奇人替他走了；吾西拉宏·阿弥提老哥一年四季为松古拉奇的人修好一双双鞋，它们载着鞋主人继续走南闯北。

　　吾西拉宏·阿弥提老哥是补鞋的。

　　吾西拉宏·阿弥提老哥的腿在他刚学会走路的时候就变成了树根。一场风，一场梦，梦醒过来没了腿。他说，那天晚上他妈妈把他放在摇篮里睡觉，摇篮放在院子里，当时刮着风，睡觉时候还是好的，早晨醒来就成了这样。没有钱也没有医院，就躺在家里听天由命。从那以后，

他就只能坐在这个世界上了。他的腿就是他那辆大鸟一样的电动三轮车，半个身子的吾西拉宏·阿弥提老哥要用不短的时间上车。上车前，他用两条胳膊走路，两手当脚，一个小小的矮凳和带把的小木板是鞋，一撑一撑地，一动一动地，一蹭一蹭地，一下一下地，一点一点地，挪动。挪动到电动车一侧，背对踏板，反手把矮凳放踏板上，一手抓住车身，一手立地，猛一撑，身体离地，坐踏板边上。车小，空间窄，身宽，挤上去，蹭进去。又一撑，坐矮凳上，再从矮凳撑上座位。有几次又大又重的半截身子动，矮凳也动，我伸脚替他固定矮凳。摸出车钥匙一插一转车灯就亮了，人也就跟着亮了。

吾西拉宏·阿弥提老哥每天上班比太阳晚一些，可他又比太阳下班晚得多。太阳还没烤热松古拉奇就来了，太阳沉到黑夜里睡着了他还没走。每天晚上沾路灯的光干些粗活里的粗活，不紧不慢地收拾摊子，大的小的皮鞋，长的短的皮靴，鼓的瘪的袋子，短的细的杂物，扔进桌子大小的铁箱子里。老汉的手一点都不老，一掌下去，那把老了的大铁锁就像军人立正一样双臂正直。一大一小两把锁，小锁一推就立正，负责看护木头条凳，一根铁丝把条凳和锁子和铁箱穿到一起。铁箱和条凳从不回家，生根长在了摊位上。东西说多不多，说少不少，搁一块儿，一堆，扔地上，一片，收拾起来总是要用不短的时间。

算上吾西拉宏·阿弥提老哥15岁当学徒的时间，他那两条老根扎在这巴扎上四十八年了，已经成了松古拉奇巴扎的一部分，要是没有他，巴扎就缺了一角。补鞋摊位最多时有七八个，就他年龄最大，就他活最多，就他来得最早走得最晚。每天都重重地坐在工作岗位上。

他的摊位时不时就成了一群人聊天的场所。年龄比他小的人都叫他吾西阿喀（哥），有的更简单，吾西喀（哥）。一到巴扎天（赶集日），吾西拉宏·阿弥提老哥的那双手就更停不住了。男的女的老的少的都像过节一样来赶巴扎。松古拉奇人都穿着吾西拉宏·阿弥提老哥的鞋在巴扎上过巴扎天。直直看去是一个一个人，往地上看是一双一双鞋，最多的是皮鞋和靴子。这些鞋子坏了，就会去找吾西拉宏·阿弥提大夫修补。人穿鞋子比吃饭的时间多得多，吃饭不磨嘴，走路磨破鞋，土里来土里去的，比城里费鞋，地汉（农民）又俭省惯了，吾西拉宏·阿弥提老哥就从早忙到晚，就没见他那双手停过。收入还是可以的。不能说高，毕竟缝缝补补，一般就是两块钱，换条拉链多两块，一次收钱最多没有超过十块的。

那段时间，每天午饭和晚饭后我都要到吾西拉宏·阿弥提老哥的摊子去看一看，坐一坐，说一说，快要成习惯了。有时一群胡子长长短短、灰灰白白的老汉围坐在摊边，来晚了的就站着。他们的胡子有的尖尖，有的弯弯，基本上都是顺溜的，也是比较整齐的，就吾西拉宏·阿弥提老哥的大胡子乱乱的、翘翘的，脏兮兮黑乎乎的衣服一层又一层，人都显得肥胖和臃肿了，经常低头干活，一大把胡子被衣领顶着，翘起一丛回不去了，两边的一小撮黑着，最广大的胡子丛林灰白灰白的。我总觉得吾西拉宏·阿弥提老哥的长相不对劲，有点怪，也有点贵相。大脸宽额头，洗洗，弄弄，像电影上哪个阿拉伯国王。

他把头上那顶羊皮帽子当钱包用，大钱顶头上。小钱装皮围裙大口袋里，不大不小的钱装外衣下面的口袋里。摘羊皮帽子用双手，先慢后快，稳稳地，钱就不会飘散。

松古拉奇人不觉得吾西拉宏·阿弥提老哥脏，也不觉得吾西拉宏·阿弥提老哥臭。吾西拉宏·阿弥提老哥因为生活在一个僻静的乡村，这辈子活得干干净净。吾西拉宏·阿弥提老哥还活得有劲，活得有滋有味。他不光有自己不大也不小的事业，还有个家。他娶过三个老婆，第一个老婆生病死了，第二个老婆跟他过了一段时间嫌这嫌那的，就走了，现在的老婆脸蛋红红的，身体胖胖的，四肢全全健健康康的。老婆比他小十几岁，有时会过来照看照看丈夫。那天我听到她骂他傻郎

（傻子），我问，傻郎吗？她一点头两声嗯，两个"嗯"的中间不停顿，后一个"嗯"带拖腔，还带着感叹号。她和个头像她孩子的丈夫生了两个孩子，第一个1岁时死了，那是二十一年前也就是丈夫42岁时的事了。女儿14岁，在城里上学。

大冬天里，松古拉奇巴扎像泡在冷水里。每次从吾西拉宏·阿弥提老哥那儿回到房子里，就觉出全身上下的内衣和皮肤上一团一层的冷气，感觉到房子里的温暖。坐在他的摊子边上一两个小时，并不觉得冷，反而是进了房子那一会儿才觉得冷。吾西拉宏·阿弥提老哥早就适应了寒气里的露天作业，穿的又厚，看他并不觉得冷，很少见他暖手，身边那个小铁炉快成摆设了。有天晚上收摊时看到他张开两手在炉上烤火，那么多天里就那一次。我和吾西拉宏·阿弥提老哥不需要那种虚假，我们要的是实在。吾西拉宏·阿弥提老哥不光干净，也是高大的，他不知道自己有多干净，也不知道自己有多高大。我知道他要的是真金白银，要的是有事可做，不需要什么形容词，但我还是要在文章的结尾送给吾西拉宏·阿弥提老哥。

小铁炉只比暖水瓶粗点，烟筒比人的小胳膊还细，用了个红色的汤盆盖子盖着，原先的盖子丢了，那汤盆盖子比炉口大出好多圈。冷天里看上去觉着是凉的，近了才能觉出有热乎气。收摊时，吾西拉宏·阿弥提老哥都要把炉子里的炭火倒出来，炉子带回去。

那天晚上，我看到在地上的炭火就是老哥从炉子里倒出来的。一小堆，三四块，红红的，我知道它们是烫的，但冷天里我感觉它们是凉的。不知怎么我抬起头来，就看到了冰凉冰凉的月亮。举头望望，低头看看，又举头，又低头，一次又一次地。觉得冥冥之中得到了提示，让我找到了这篇文章的开头和结尾。那种感觉和体验挺神奇的。天地也在帮我写这篇文章，也许是因为我顺天应地，天助我，地帮我。说到底，是天生地养的吾西拉宏·阿弥提老哥给了我这篇文章。在一些人眼里，吾西拉宏·阿弥提老哥是弱小残疾的，在我眼里，顺天应地的吾西拉宏·阿弥提老哥是天地之间一尊高大得不见其高不见其大的坐像。

天大地大，月亮不大，但很亮。炉小火小，人不小，很高但不大。人对生活的憧憬却是生生不息的。

盲人闪婚

　　过诺鲁孜节（迎春节）那天，松古拉奇的一个盲人来到艾提尕尔广场听热闹，与松古拉奇相隔二三十公里的外乡的一个盲人也来到艾提尕尔广场听热闹。两个盲人撞到一起了。一个是男人，一个是女人。人山人海中，一对盲男盲女走到了一起，说到了一起，黏糊到了一起。接下来的事不说也能想到。让我怎么也想不到的是，两个盲人很快就结婚了，前后也就一个来月。

　　松古拉奇盲人那天在广场上的穿着打扮像机关干部。他总是在他觉得重要的场合把自己里里外外上上下下收拾得干干净净整整齐齐。他经常是到大队（村委会）来一趟也要打扮成卡德儿（干部）一样。

　　那天他到大队来领棉花补助款就是这样，戴着底色是绿色的花帽（维吾尔人没有绿帽子一说），上下是十分干净、比较有型的衣裤，脚上的皮鞋黑亮黑亮的。衬衣领子也是干干净净的，我忍不住扯住领子细看，在场的村人笑了，他自己也孩子似的笑了。我还不见外地拽开他的外衣、掀起毛衣的一角深入观察，没有发现"卫生死角"。他说他自己洗衣服，家里有洗衣机，花六百块钱买的。

　　他浑身上下只有一个缺陷：双眼塌陷，眼皮下坠，两条缝有时会跳一下变大了些，很快又耷拉下来，好像是想要看到什么，又怕泄露了什么，又好像是不需要肉眼看到什么，用心看就行了，那眼皮的一跳只是心看到了什么的本能反应。

他为什么会像城里人一样收拾自己呢？定居浙江余姚的维吾尔族女作家帕蒂古丽在她的一篇散文里回忆，她的农民父亲出身于富裕人家，每天刷牙，每次出门前都要擦皮鞋。我猜想，他会不会是贵族后裔？结果完全相反。他和村里人都说，他家祖辈都是地汉（农民）。那到底是为什么呢？恨不得钻进他心里。生理上某部分残缺，身体就会产生"弥补效应"，其他器官会非常灵敏。心理上也一定是这样。他看不见这个世界，但他的心能看清，比常人或许看得更多些更深些更透些。他自尊心很强，又很有心思。会打理不多的钱财，会经营自己的生活。他有15亩地，种小麦和棉花，有3头牛，每月还有三百多块钱的残障补助。经常雇人干农活。村干部说，他把家搞得比不少身体健全的人还要好。村里人说，他的胖子（房子）又大又漂亮，还说他是个有钱的瞎子。把自己打扮得像"卡德儿"（干部），那双伤残的眼就有了些面子，找回些自尊；把自己装扮成城里人，那张残缺的脸就有了些光彩，找回些尊严。自尊是自己给自己的，尊严是自己给自己找来的。他可能说不出这样的话，可我觉得他在心里是这么想的，觉得自己能听到他在心里说的话。他包裹自己，也敞开自己，让自己黑下去，也让自己亮起来。他亮了。自己把自己照亮了。

泰瓦库勒·麦麦提，48岁，村里最讲究穿衣打扮的地汉（农民）。他说，4岁时，一场头痛让他双眼失明。他一个人，已经独自生活了很多年。他结过三次婚，没留下一个孩子。第一个女人什么都不会干，连饭都不会做，没几年就离婚了。第二个女人和他结婚时50多岁了，一起生活了11年，后来死于心脏病。第三个女人是个盲人，脑子也不好。

松古拉奇村的人都知道，快50岁的盲人泰瓦库勒·麦麦提想老婆快想疯了。他居然能找到婚介所的电话，他先是从衣袋里摸出一部手机。他居然看也不看就拨通了一个电话，过了一会才知道他拨打的是114。手机里传出的是汉语女声，他不慌不忙只管用维吾尔语说话，手机里就又传出维吾尔语女声。一旁的铁里瓦尔德帮他用笔记下一个电话号码。我更没有想到的是，这次拨通的竟然是婚介所。事后，我反复问在场的村人，他是不是恰克恰克（玩笑），他们都认真地说，不是，他就是要找个老婆。

在这以前，他让我帮他找个老婆。也许他是觉得城里来的干部没有办不成的事，也应该帮他。头几次，我没怎么当真，后来我不得不当真了，每隔一两天他就找我一次，逮着我就催问。那段时间，我怕见到他，只要他一来到大队（村委会），我就不吭声，能躲就躲，他还是不知怎么就知道我在，一手摸索一脚探路的就能走到我跟前，叫一声老刘。我从来没有给他说我叫老刘，也不会有人对他说我叫老刘，天知道他为什么叫我老刘。一声"老刘"后，直截了当地问，找到桥港（结了婚的女人，他用这词代指老婆）没有？

我曾成功地躲过他一次。坐在电脑前，人还没见到，就听到一声老刘。我屏住呼吸，一动不敢动，先是看到一只摸摸索索的手，紧接着就是一条胳膊整个身体，人挺麻利地站到了门口，那只手扶住门框，半闭半睁着一双瞎眼"看"着我，就那么一"看"好半天。我挺紧张地看着他，觉得他的眼很明亮，他的脸很亮堂，他的耳能听到我的喘气声。终于，他自言自语说了声没有（不在）就走了。不是不帮他，我需要点时间，我给残联的人打了电话，等着那边的消息呢。我给妇联的人也说了。他不给我时间，只急着让我给他介绍对象。他走后，我好一会儿没心思敲字了，在心里自己跟自己说，躲不是办法，下次他再来，先道歉，然后劝他不要急。

安静了一段时间，他还是来了，我的道歉只说了一半，他就让我吃了一惊，他说他就要结婚了，后天就是他的婚礼，帮他做抓饭的人已经找好了。我一时间半信半疑的，他摸出和一个女人的合影照给我看，我这才信了。真是想什么就会有什么。他问我，能参加他的婚礼吗？我说，一定一定。正说着，他的手机响了，他目"视"前方，头颅端正，两手持机，一指按键。旁边有人说，是他老婆。果然，传出女人的声音，一点都不客套，第一句话是问他在干什么，多少有点严厉。他也不客套，不紧不慢地做了"汇报"。听得出来，他们已经热火朝天地你情我爱谈婚论嫁几十天了，你是我的，我是你的，相互"霸占"了对方，两个人变成一个人。

已经成了他老婆的女盲人热汉姑·拜科黎白白胖胖的，尽管眼睛不好，但很精神，全身上下有一股子劲热气腾腾往外冒。热了一个盲人汉子的心，也热了热汉姑自己的心。

在泰外库勒·麦麦提新盖的房子里，我三番五次提出看看新娘子（男客女客是分开的）。到了女客的人堆里，我使劲看新娘。一个女客问我，漂亮吗？我说，漂亮，真漂亮！女客都笑。

我没帮上他。是他自己帮了自己。盲人泰外库勒·麦麦提自己把自己照亮了。现在，他照亮了一个女人，一个女人也照亮了一个男人。人首先要照亮自己，然后才有可能给别人亮光，给社会光亮。就是不愿给，别人和社会也能得到余光。天上的星星要是没太阳照着，就永远是黑暗。太阳把自己照亮了，就照亮了万物。

结婚一年后，泰外库勒·麦麦提告诉我，他经常到喀什噶尔城里住，他和老婆在城里也有胖子（房子）。老婆和亲戚在艾提尕尔广场摆了个卤鸡摊。

盲人泰外库勒·麦麦提真成了忙人，两头忙，村里的胖子（房子）、地和牛，城里的老婆、地摊和胖子（房子）。

生活就是如此的真实！

胡杨的朋友

塞拜尔哭了，大哭一场，哭得伤心，就像最亲的亲人死了。他为他家那片胡杨林哭。哭声引来了左邻右舍，就连从不跟他说话的巴喀吉也来了。大家和塞拜尔一起去找领导，要求留下胡杨林。巴喀吉说，他不是为了塞拜尔，而是为了胡杨林，大家都是胡杨的朋友。

松古拉奇那一片胡杨林是塞拜尔家的，胡杨树都是塞拜尔一家人一棵一棵种出来的，那是一片人工栽植的私家胡杨林。

林子的主人塞拜尔说他是胡杨的朋友，林子外有个老人说他是胡杨的朋友，一大群人都说他们是胡杨的朋友。

听说松古拉奇有片胡杨林，去看看胡杨林就成了我的一个愿望。老人说，以前，松古拉奇有很多胡杨，直到六七十年前，还有成片成片的胡杨林。这我倒是知道一些，从北边的巴楚到南边的麦盖提直到现在还是胡杨之乡，以前是连成片的，处在巴楚和麦盖提之间的松古拉奇，当然也是胡杨的领地。现在，各种造型的胡杨少得可怜，到处都是人栽的笔直笔直的白杨。松古拉奇还有胡杨林？怎么留下来的？可能是老天和大地不小心弄丢了的。

坐上电动三轮车，我的心跳得快了。从村委会出发大约二十分钟后，驾车的麦麦提指指不远处一团灰色的树林说，那就是托克拉克（胡杨）。我多少有些失望，树林不大，远看黑乎乎的，看不出以前看到过的原始胡杨林的那种大气恢宏。到了跟前，更失望了，树都不大，整个林子显得紧凑，顶多算个小树林，没有沧桑感，不见大戈壁。几分钟后，我就又兴奋了。

几个碱水坑前，麦麦提不知咋走了，见一维吾尔族老汉就停车问路，老汉用手中一根树枝指路，说得很详细，很耐心，比画来比画去的，看得出来，老汉对胡杨林很热心。

胡杨林在一片盐碱滩上，周围没有人家。树木有碗口粗的，也有人的胳膊那么细的，几乎没有旁逸斜出的枝条，一株株细高细高的，都紧挨着。林间小道上正走着，林中忽然传来高高的问话声，麦麦提回应。那问话声像呵斥。枝条间只见一男一女正在劳作。我与男人隔着树枝对视，见他在林中的水渠里干活，不见他有出来的意思。麦麦提喊他出来。出来个红脸人，一双棕色眼睛，瘦小。笑着与我握手。又跟出个胖女人，笑盈盈的。两人领着我们看林子。麦麦提说这林子是私人的，就那么顺嘴一说，我却立住了脚，大概快成立正姿势了，私人的？我好一会儿回不过神来。来之前，没有人告诉我，只说有树，没说有人。我向红脸小男人求证，对方点头。我一时转不过弯来，麦盖提的胡杨林去过，巴楚的胡杨林去过，轮台的胡杨林去过，胡杨是大漠的，也许是我孤陋寡闻，没听说过私人的胡杨林。刚才那指路老汉冒出来了，他"跟踪"我们。老汉留着山羊胡子，黑脸皱巴巴的。老汉大声说，就是私人的胡杨林。

红脸人名叫塞拜尔·卡斯木，今年40岁。他说，这片胡杨林是他父亲栽培的，占地34亩，有五十多年时间了。父亲去世后，他照看林子。他靠15亩地生活，住在老旧的土坯房子里。老汉又开口了，声音很大。老汉说，二十世纪四十年代，那边（手指东边）都是胡杨，当时的政府把一些农民迁到这里，东边的林子后来就没有了，树都被砍了。塞拜尔的父亲卡斯木·麦麦提一家就住在这里，东边的林子消失后，卡斯木·麦麦提就从麦盖提买来胡杨树苗，房前屋后种植。卡斯木·麦麦提去世后，塞拜尔·卡斯木接着种，就有了现在的这片胡杨林。

他为不怕风的胡杨种植了一圈沙枣树，形成树墙。夏天，乡亲们把胡杨林当作避暑和娱乐的场所。林子不大，却成了野兔、野鸡、野狗的家，有时还能看到狐狸出没。

他说，他每年只能为胡杨林浇一次水。夏天用水紧张，只能冬天浇水。有些胡杨树干死了。

近几年，这里不再那么平静，就在林子边上，出现了一家大型养羊场。不远处，有一片棉花地，几户汉族棉农住在地旁的一排砖房里。

多年前，前任村支书计划砍伐胡杨林，土地另作他用，塞拜尔·卡斯木哭了。他和3户邻居的家人，加上他的妻子共8人，带着告状信、胡杨林照片和视频，找到林业部门寻求保护。见到领导时，塞拜尔·卡斯木大哭一场。胡杨林幸免于难。

我问他有什么收益？他说没有。我又问为了什么？他说，我们家一直就这样，我是在胡杨林里长大的，我们喜欢，高兴。这时，老汉一脸严肃地盯着我说："老汉！我们和胡杨是朋友！"我们都笑了，也都由衷地点头。我把手搭在老汉肩上，说，你老汉，我老汉！你是真老汉！老人也笑了，又说，我和卡斯木·麦麦提是朋友，我还帮他栽种过胡杨，我们两个朋友一起照顾过胡杨朋友。我立刻喜欢上了老人。老人像林子里的胡杨一样全身发灰，但能看出他有一颗干净、明亮的心。我立刻记下老人的姓名：图松·托胡迪，70多岁。老人继续说道，胡杨不需要多少水，给他一点水就能长，没有水也能活很长时间，因为胡杨的肚子里存有不少水；人活不了的地方胡杨能活，我们维吾尔人也把胡杨叫英雄树；胡杨肚子里的水人能喝，还能治病。

老人"抢"了塞拜尔·卡斯木的"风头"，但塞拜尔·卡斯木在我心里像高大的大漠胡杨。他给大漠增添了一抹绿色，为一种珍贵的树种拓展了一点空间，尽管是那么一点点，但绝不是在广袤的大戈壁间可以忽略不计的，他的做法和精神是我们保护大自然和挽救脆弱的生态环境所必需的。

那是一片寒冬里充满暖意的胡杨林。

那是一片酷暑中充满凉意的胡杨林。

来到松古拉奇不久，我就看出有一位叫巴喀吉的人和塞拜尔·卡斯木互不来往。我和两人都想做朋友，就想调解一下他俩的关系。那天，我把塞拜尔让进村委会办公室。巴卡吉也跟了进来，恰好与塞拜尔面对面坐。我采访塞拜尔，巴卡吉不时插话，塞拜尔也几次提到巴卡吉，说巴卡吉也参与了那次保护胡杨林的行动，但两人既没有语言也没有眼神交流。我问巴卡吉，你和塞拜尔是朋友吗？巴卡吉很干脆的否认，他伸出两手的食指并拢，说和塞拜尔爸爸是朋友，和塞拜尔不是！为什么？巴卡吉不说。我拉起两人的手，让他们握手，塞拜尔扭过身去，不握。巴卡吉则严肃地对我说，不行！不行！我这才清楚，他们二人是两条平行线，永不相交。当晚我在电脑上记下了他们的事，还这么感叹："我不知道他们俩到底是为什么。觉得他们处理人际关系挺高明的，至少比我和我周围不少人高明，不来往，又能面对面坦然相处。"过后，我又一次问巴喀吉，和塞拜尔不是朋友，为啥还和他一起去找领导，保护胡杨林？巴喀吉用不十分流利的汉语说，托克拉克（胡杨）的事情，人的事情不是！

我自己给自己解释：农民天然的和草木亲近，爱草，爱木。巴喀吉和塞拜尔不是朋友，这辈子也成不了朋友，但巴喀吉是胡杨的朋友，松古拉奇人都是胡杨的朋友。

连表情也要"翻译"的翻译

埃尼娃儿是个娃儿，人高马大心宽体胖的娃儿，工作起来天真烂漫。

埃尼娃儿当了一辈子的翻译，陪着一个又一个领导在主席台上坐了一辈子。

饭桌上，书记他们那天又说起了埃尼娃儿，埃尼娃儿就成了一道"开胃菜"，更是一道"开心菜"。书记笑着说出的头一句话是，他连表情都要"翻译"。书记最后感慨地说，埃尼娃儿是个人才。我就想起一句话：魂附体。埃尼娃儿一进入翻译的工作状态，魂就附在了领导身上，又像是他把领导的魂吸到自己身上了，更像是好演员入戏了，入戏还很深，他就变成了主席台上的领导。领导笑，他也笑，领导瞪眼，他也瞪眼，领导肚子胀（生气），他也肚子胀，领导咋样他咋样，就差把领导这个人也复制下来粘贴过去了。领导和他是你中有我，我中有你。台上的一个领导，变成了两个领导，台上的两个领导变成了一个领导。

老杨说，埃尼娃儿高大魁梧。书记说，埃尼娃儿很有派头，很有领导架势，他和领导在一起他像领导，把领导给比下去了。

往主席台上一坐，埃尼娃儿一点都不"娃儿"，是娃儿他爹，娃儿他爷，那铁塔一样的身体，那严肃的表情，那领导一样的气势，比领导还领导。书记说，他不是领导，可一开会他就坐在主席台上，走在街上也像个领导。老杨说，这和身材也有关系，就像艾克拜尔又瘦又小，翻译的时候底气不足，声音就像蚊子叫，坐在台上一点都不像领导。

以前，新疆特别是南疆开个会很费时间，需要两个舌头（形容会两种语言的人）的翻译，本来一个小时的会要开两个多小时，两个小时的会要开四个多小时，半天的会就要开一天了。汉语材料翻译成维吾尔语，一页变两页，两页变四页，半米厚的就成一米高了。那时候开会，一到点，领导就一个个神情严肃地走上主席台，本来嗡嗡声一片的会场一下子就安静了，几百双有时是几千双眼睛看大片一样齐刷刷投向主席台，这一二十秒是整场大会主席台下所有人兴致最高、精力最集中的时段，看这个领导是这样的，看那个领导是那样的，都是来参加严肃的会议，听严肃的讲话，不会有什么乐子的，看领导怎么上台，看领导怎么就座，一个领导一个样，一个领导一个派，就成了有看头有看点的片段。没有胡萝卜做不成抓饭，没有两个舌头的翻译就开不成大会。翻译是要上主席台的，是要在主席台上就座的。不知道谁是翻译谁是领导的人，只要看谁不那么严肃不那么神气，脸上没有凝重，跟着领导上主席台的神气轻松的那个人，就是翻译。要碰巧是埃尼娃儿这样的假领导，那你就被严重误导了，你就把真领导当假领导了，把假领导当真领导了。翻译经常在领导身边晃来晃去的，是领导的另一张嘴，不少翻译就当上了领导。很像领导的埃尼娃儿当了一辈子翻译，直到退休还是个翻译，可他那十足的领导派头还是给人留下深刻的印象。

现在的大会小会都用国家通用语言，很多维吾尔族干部都有两个舌头（意为都懂两种语言）。只能坐在办公室里把藏在两种文字后面的表情翻找出来，挂在文字和标点符号上了。

那次开会领导肚子胀（生气）了发脾气，越说肚子越胀。领导气呼呼的，埃尼娃儿翻译也表现的气呼呼的，领导满脸怒色，埃尼娃儿翻译也显示出满脸怒色，领导瞪眼，埃尼娃儿翻译也跟着瞪眼，领导厉声斥责，埃尼娃儿翻译也同样厉声斥责。台上仿佛有两个领导，听者也产生了错觉一般。

也许，这是现场口头翻译的最高境界了。难怪书记感慨，埃尼娃儿是个人才。我心里说，埃尼娃儿是最棒的翻译，超棒！

我跟自己说，埃尼娃儿"娃儿"起来也太"娃儿"了，一心一意的，把工作当工作，把领导当领导，把领导的事当自己的事，长着一颗娃儿的心。世上的人很多很多，能活到这份上的不多吧?! 他是个能让人记住的人。他是个让人忘不掉的人。

后来我有几次跟人说起埃尼娃儿。不少人只看到了他在台上的"小品"，没有看到他那一颗"娃儿"心。

埃尼娃儿退休了。走在大街上，还是像个领导，碰上熟人，还是像领导一样笑一笑。

水渠上的乒乓球台

我哈哈两声，听到了自己的声音，很高。我能想到，事后也感觉到，车上所有人先是看我，接着顺着我的眼光看我看的地方。后来，我仔细回忆，我那不像是笑，更像是感慨，赞叹。

五个人背靠背坐在电动三轮车上。每天都要走两个来回，一样的路，一样的房子，一样的树，一样的水渠。杨树上一片片"绿蝴蝶"不是做梦就是翻飞，"绿蝴蝶"飞舞时最多的动作是上下飞舞，越看越像长在树上的蝴蝶。我为自己的发现高兴。很多天了，我不知道自己的一个造句不知能用在什么地方。松古拉奇和南疆绝大所属农村一样，除了沙土，最多的是杨树；除了杨树，最多的是杨叶；除了杨叶，最多的是大人的心思；除了大人的心思，最多的是孩子的想法。

杨树下的水渠，水渠上的桥，桥上的空地，空地上的大门，大门里面的房子……几乎所有的农舍都是一样的，不一样的是乒乓球台桌。水渠上稳稳地安放着乒乓球台桌，桌上有乒乓球跳过来跳过去，乒乓球的两边是两个孩子，孩子的下面是水渠，水渠的上面是乒乓球台桌。不大的水泥桥中间的两头摆上两块砖头，砖头上搭一根树枝，水泥乒乓球台桌就从天而降了。两个孩子站在水渠里，老天帮助他们，不是太高，也不是太低，差不多。于是，活蹦乱跳的乒乓球就在两个孩子之间又是跳又是飞的。一个世界性的运动在大沙漠边上的乡村里的小桥上展开了，一场松古拉奇少年乒乓球比赛。如果来水了，孩子会不会就站在水里进行比赛呢？要真是那样，将是水上乒乓球比赛。

　　我的两声哈哈或是呵呵，让同伴的头和脖子转动360度。我没有看到，也不会去看，我被从没见过的、大概全世界也不多见的水渠上的乒乓球台桌吸引了。真是因地制宜，因陋就简。我的心思在孩子们的小脑袋"设计"出的大台桌上。它大得占据了我整个的头脑，让我不由地遐想，深深地感叹人的创造力，人的想象力，人对生活和生命的热爱。

在北京见到了毛主席

1966年的那个深秋，天安门广场上红卫兵的人潮中，有个来自松古拉奇的维吾尔族学生。红卫兵组成的人海波涛翻滚。毛泽东出现在天安门城楼上，用当时的话说，红太阳升起在天安门上。广场沸腾了。个头不高的维吾尔族学生踮起脚尖，伸长了脖子瞪大了眼，怎样努力也看不到毛泽东。自己鞋子里的鞋钉扎破了他的脚，这个未来的小将（校长）忍痛在人海中使劲让自己漂浮起来。身边汉族红卫兵看出了他的异样，一边高喊"毛主席万岁"，一边挽起他的胳膊。他还是被挤出了人海。执勤的解放军战士问他看到毛主席了吗？他拼命摇头。几个战士把他推进人潮中，又是几个汉族红卫兵架起他的双臂。他终于看到毛泽东了。他激动地用维吾尔语连声高喊：亚夏颂（万岁）毛主席！亚夏颂（万岁）毛主席！一群记者注意到了他，蜂拥而来，相机镜头齐刷刷对准了他。

《人民日报》《新疆日报》《喀什日报》纷纷报道来自新疆的维吾尔族红卫兵在北京见到了毛主席，还刊登了他高呼亚夏颂毛主席的照片。返回时，在乌鲁木齐，在喀什，他和其他红卫兵一起受到了英雄般的夹道欢迎。在松古拉奇村，乡亲们像迎接圣人一样团团围住了他。

31年后，他成为松古拉奇小学校长。

小将（校长）伊敏诺·柔孜生在松古拉奇，长在松古拉奇。

他伸手跟我要笔，报纸上写下这样的数字：1916。他说，松古拉奇小

学就是这一年建的。2016年，就是学校建校100周年。松古拉奇小学是目前全乡16所学校中历史最长的。他说他不知道建校时的情况，只知道学生要给教师粮食。他记得二十世纪五十年代上学时学校周边的一些事。校旁有条大路通向喀什，经常能听到驼铃声，看到内地的汉族同胞骑着骆驼一晃一晃地路过，有的汉人还带着单筒望远镜。小时候的他，对望远镜很好奇，很感兴趣。校旁还有条大渠，渠上有八座水磨房，每天有不少人来到磨坊磨面。有不少杨木盖的大房子。还有巴扎，有商店，有食堂，人来人往，很热闹。他家在这里有一片果园。每年7月割麦时节，就会有农民拿着小麦来换包子吃。有的农民为人打工一天，可以得到一到两公斤小麦的报酬。有时，政府会组织很多人开大会，选举或决定什么大事要举手表决。他记得有次政府组织两拨人，松古拉奇村民和今天的英吾斯坦乡政府所在地方的村民，一起举手表决，为什么事他记不得了。

他的回忆，让我一时很兴奋，因为，又可以印证：松古拉奇在历史上是今天的英吾斯坦乡的中心，直到二十世纪五十年代这里还是繁盛的。今天的松古拉奇，只是众多村落中的一个，没有了伊敏诺·柔孜所说的那种热热闹闹的情形了。没有了通向喀什的大路，巴扎也搬走了，今天的英吾斯坦乡政府所在地成了中心。

尽管发生了很多变化，那年的情景在他心里成了永恒。

百年杨树

一棵老杨树死了。一位百岁老人死了。老杨树为学生遮风挡雨一辈子，高大、粗壮，树干粗得三四个人手拉手才能抱住。老人为学校干了一辈子的活，看门、洒水、扫地，学校里的杂活都是他的。

1970年，半死半活的老杨树被砍倒了。松古拉奇小学成立的时候，那还是一棵不大的树，它看着学校从无到有，陪伴着一批又一批松古拉奇孩子。他们来到学校的时候是小孩子，离开学校的时候是大孩子。大孩子长成大人结婚生子，他们的孩子又在爸爸妈妈上过学的学校里上学。村人说不清学校究竟培养了多少个学生。一个十年又一个十年，杨树越长越大，村人都称它是学校的老杨树。每天早上和晚上，树上都落满了喀哥（乌鸦），就像结在树上的黑黑的果实。杨树经常招惹孩子们爬树，孩子们把树当玩伴，满树都是嬉笑声。后来，没有人能爬得上去了，因为，树的身子太粗了，手脚没地方用力，又那么高。杨树老了，长满了沧桑，一肚子的故事说不出来。村人的嘴有了话题，学校的老杨树太老了，不知道明年还能不能长出树叶。春天又来了，老杨树的树冠上爬满了毛毛虫，毛毛虫又变成蛾，蛾又变成没风就睡觉风一来就跳舞的绿蝴蝶。村人说，怪了，看着是棵死树，一到时候就活了。第二年毛毛虫还是爬上了树。村人说，外面是死的，里面是活的。就这样又过了好多年。那年，一个消息传遍了松古拉奇，学校的老杨树死了。不少村人赶来，树下摇头，议论，感慨。又过了一年，又一个消息传了出来，学校的老杨树又活过来了。老得不能再老的树活了半边，这半边长出了树叶，那半边实在是没有劲长叶了。又是村人赶来，又是议论，感慨，还有老人对着树口中念念有词。老杨树半边死半边活的过了好多好多年。1970年，老杨树倒下了。树太大了，没办法运走，就被锯成一段一段的运到疏附县去了。村人议论了好长时间。老杨树其实还活着，活在人的记忆和器物中，它的身体被人当木材用。直到那位百岁老人离世，上了年纪的村人又提了老杨树。

2000年，老校工艾迈提·依敏逝世，享年101岁。艾迈提·依敏小的时候，松古拉奇还没有学校。他对去过北京、见过毛主席的老校长伊敏诺·柔孜说过，他记得清楚，松古拉奇小学是1916年成立的。他说，他记得那几年老是听人说，尧勒瓦斯（老虎）越来越少了，因为，不知从哪里来了很多很多蚂蚁，蚂蚁把尧勒瓦斯（老虎）的崽子咬死吃掉了，也不知道是真是假。从前，塔里木河边的原始胡杨林和芦苇荡里，有很多新疆虎，按俄国探险家普热瓦尔斯基的说法，"那里的老虎就像伏尔加河的狼一样多"。瑞典探险家斯文·赫定见过猎人抓老虎的场面，还高价卖了一只被打死的老虎，把老虎皮带了回去。"1916年是新疆虎有记载的最后一年。"对新疆虎消失的原因，刀郎人的解释是"蚂蚁说"。艾迈提·依敏还说，那时候的学校，学生要向学校交粮食，作为学费；学校的大门原来朝南，现在的大门向西。

艾迈提·依敏，松古拉奇村人，1899年出生，2000年去世。

老的走了，小的来了，一来就一大群。小的大了，说大就大了。大的老了，说老就老了。老的走了，说走就走了。

那棵杨树老得成了松古拉奇名树。

杨树下的那位老人老得成了松古拉奇名人。

凯伊斯的天地

凯伊斯穿着黑裤衩、黑背心，戴着一副黑框眼镜，黑黑的头发很有型，不像是长出来的，像是套在头上的装饰品。眼镜是长方形镜框，就成了耍酷的东西。黑裤衩上有白白的英文字母，就成了花裤衩子。第一次在篮球场上看到他，以为是城里的孩子跑到乡下来了。就是在喀什噶尔城里，这样装扮的维吾尔族孩子也不多。喜欢打篮球，投球时手腕一抖，传球、运球时也知道用腕力，和城里孩子不一样的是没穿运动鞋，拖着一双拖鞋。在一群维吾尔族农村孩子中间，细高、文静的凯伊斯就是不一样，就像是个另类。

他说他是奶奶带大的，今年五月爷爷去世，奶奶也老了，身体不太好，我就问他会不会做饭，他说，会，又问他经常做饭吗，他说，前年做过一次饭，以后再也没有做过。怎么做的？奶奶在旁边说，怎么和面，怎么炒菜，做的是拉面。说着，还玩弄几下两手抓着的篮球。我在心里对自己说，在这个地球上活了十六年，做了一次饭，就敢说会做饭，到底是孩子。

爷爷和奶奶种了一辈子的地，爷爷去世后，奶奶还种地。他说，爷爷病了五年，这么多年地里的活主要是奶奶干的，亲戚们有时候过来帮忙，大队（村委会）有时候也派人来帮忙。现在，奶奶家有十二亩地，小麦、苞谷、棉花全都种，还有十五只羊。他很小的时候，爸爸妈妈就离婚了。爸妈经常来看他。

　　凯伊斯·迈海提是苏州高新区第一中学"内高班"学生，不用花钱就能上完高中。他说他是去年过去的，预科班的，今年暑假一完回去就是高一学生了。来回路费也不用他家出。吃饭当然也是不要钱的，学校每个月往饭卡上打五百五十块钱，每天到了吃饭时间只管去吃就行了。早餐有馕、面包、鸡蛋、酸奶什么的，中晚餐自然是拉面、抓饭、包子这样的新疆饭菜。学校还给每个同学发了一部手机，卡上有一百块钱话费，打完了就该自己往里充钱了。班上有三十多个学生，全是新疆的，维吾尔族学生二十一个，其他的是哈萨克族、回族、东乡族的，还有一个汉族的。他说他在班上是年龄最小的，老师和学长都很照顾他。我把本子和笔递给他，让他写下他的班主任的姓名，他用汉字写出三个字：王运邦。他说，年龄和你差不多一样大。上网查了查，王运邦是中学语文高级教师，帮助过一个性格非常内向的学生。

　　他要在苏州上四年学，还有三年时间。一年的苏州生活，新疆南疆农村和苏州的反差，对一个生命力旺盛的孩子来说，是个拐点，肯定对他的成长有很大的影响。他说，刚去的时候，最不习惯的是时差，再就是天太热，没多长时间就好了。学校每两个星期组织全班学生出去旅游一次，很多景点都去看了、玩了。他说，鲁迅的故乡也去了。

　　他孩子气地说，那个地方的楼房特别高，到处都是高楼大厦！我去过一次苏州，记得看到的都是低矮的楼房，我就说，不高呀?！他说，高新区！我无话可说，才知道我那次是在老城区转了转。我在心里对自己说，对一个从松古拉奇出去的孩子来说，那边的楼房就是不高也是高的，何况是高新技术产业开发区，能想象得出来。松古拉奇最高的是杨树，最多的也是杨树。缺的是水，从地下抽水，从远处的吐曼河引水。干巴巴的松古拉奇和湿漉漉的苏州相比，苏州是水里的世界，有小桥流水人家，也有大船和波澜一样高高低低的楼群。

　　问他上完高中上不上大学，他用劲点头，说，上！上！在那边上学上大学没问题，学校的内高班每年都有考上名牌大学的。

内高班的全称是内地高中班，专为新疆少数民族学生开设的。从2000年开始，国家在12个经济发达城市的15所中学开办了内高班。苏州高新区第一中学现在有内高班学生500多人。有报道说，这所学校的内高班历年来高考成绩名列全国内高班之首，2006年，新疆学生陈凤以苏州市第一名的成绩被清华大学录取，获得李政道奖学金一等奖。

凯伊斯是近视眼。维吾尔人很少有这样的。他说，小时候爱看书，后来是玩电脑，玩手机，把眼睛玩坏了，他说他近视二百五十度。他戴上我的三百度的近视镜，说，可以，看得清楚。他说他的数学比语文好一点，也喜欢上体育课，最喜欢的是篮球，课上课下都跟体育老师学打篮球。

村委会的院子里有篮球场，暑假在家的日子里，他几乎每天都来打球。过段时间，他就要回到苏州那个满天都是楼房的高新区。苏州是他的天，松古拉奇是他的地。

松古拉奇帅哥

　　艾萨·迈亥提染了一头黄发，很有点电视剧里韩国帅哥的范儿。在松古拉奇，在全乡，就他一个人。当然，不会是最后一个。

　　艾萨·迈亥提的黄头发多少有点广告的味道，他是"金剪理发店"的老板。他的三个徒弟也是每天顶着一头"广告"，玩着时髦就广而告之了。艾萨·迈亥提用汉语说，三个徒弟的发型，一个是"公鸡头"，一个是"韩国头"，一个是"随便头"。

　　公蟹（社）或者说是巴扎，只有一条半街，那半条街的几十米外就是村庄了。艾萨·迈亥提的理发店就开在全乡最热闹的街上，乡政府大门的旁边。店名"复印"了他远在乌鲁木齐的汉族女师傅的店名。

　　他13岁就跑到乌鲁木齐学手艺。问他学历，他用汉语说，没有高中，没有初中，小学。他的师傅是汉族人，叫朱海蓉（音），从哈密过去的，跟艾萨·迈亥提在乌鲁木齐做生意的哥哥是朋友。他说师傅跟妈妈一样，只要到乌鲁木齐，他就去看望。有段时间，师傅带了十个徒弟，就他一个维吾尔族。他先是打工，一个月一百块钱，后来当学徒，有一千多块钱工资，拿提成，理了头二十块钱，可以提成一半。朱海蓉有两个理发店，每天收入五千到八千块钱。他跟着朱海蓉干了7年时间。

　　他一心一意学理发、开店，不会玩电脑，也不会玩手机，就会打电话接电话。

　　他说，他理发的价格是十块钱，老年人五块钱，便宜！染发分十、

二十、三十块钱三种。店里每天收入一百五到三百块钱，房租是一年七千块钱，签了三年合同，现在一年多了。租下现在的店面前，他在那边开了多年的理发店。

　　一个露着脚踝、光脚穿皮鞋的大胡子老汉进来理发。我指指老汉，对艾萨·迈亥提说，老汉，五块钱。他点头。老汉是个光头，头发长了些，剃了个精光，徒弟给剃出个细短的血印子。

　　他给三个徒弟每天各给十块钱，说是其（吃）饭的钱。跟一些南方人一样，就说不出个"吃"字。他说他以前在乌鲁木齐会说很多汉语，回来后忘了很多。

　　家里有两亩地，种的都是布谷大姨（小麦）。问他咋这么少，他一脸的不在意，几分不屑的表情。他说，爸爸在地里劳动。

　　店里的墙上、半空中贴着、挂着不少女里女气的小白脸的头像。

　　他说，女客人很少很少，怕老婆打。在乌鲁木齐，能挣女客人很多的钱。

　　他说，他开店的钱是爸爸给的。他说，还是乌鲁木齐好，再开两年，房租合同到期后，就会存下一些钱，还是要到乌鲁木齐开店去。我说，老婆和两个小孩子呢？他说，一起去。

　　我走时，师傅坐着不动，笑着看我，"公鸡头""韩国头"和"随便头"一起送我。

　　松古拉奇的新一代有想法，他们希望跟上时代发展的步伐，也憧憬美好的未来，他们应该是松古拉奇的希望！

把孩子当大人

　　我第一次见到这样的场景：十几个村干部、小队将（长）和一个孩子挤坐在一起，来了一个人，依次和所有人握手（除了女人），轮到孩子跟前时，大人向孩子伸出手，孩子向大人伸出手。我在心里哦了一声，随后轻描淡写给了自己一个解释，大人对孩子亲昵的戏谑。又来一人，在能握出茧子的不厌其烦的如同礼拜一般郑重的握手礼仪中，孩子依然还是被关注的对象。我开始在意了。第三个人入场后，孩子还是与大人平等，从容地享受大人的礼貌。我觉得自己有了新发现。第四个人是大胡子老汉，让我见识了老人与毛孩子的握手，孩子习以为常地接受老人的礼节。我确定了，发现新大陆。

　　我采访了孩子和孩子身边的大人和老人。

　　孩子姓名：克尤姆·麦麦提，8岁，本村农民的孩子。

　　大人与老人的神态和回答告诉我，他们觉得我的问题不是问题，在他们这里就是这样的。我问了一个驻村工作组维吾尔族成员，他感到意外，半信半疑的，认为顶多会用手摸摸孩子的头和脸。我特意问了妇联维吾尔族女干部，她会说一口流利的汉语她就不相信。看来，在喀什市区和其他乡村不是这样的。

　　我向享受大人礼遇的8岁孩子克尤姆·麦麦提伸出手，试验性握手。孩子因感意外而稍稍迟疑，急忙就熟练地伸出右手，左手相随，两只手握住我的手，连贯而老练。当孩子的两只小手五指自然而带着点弯曲地张开，礼貌地接受我手时，我不仅确定了，而且被打动了。黑黑的眼珠发亮，嫩嫩的小脸放光。孩子是幸运的，也是幸福的。

小女孩怯生生地望着我，我向她伸出手，不是逗孩子，不是开玩笑，而是向松古拉奇一桩美好的事物。我的手想要探究，我的眼想要看看女孩子的反应。只见女孩的怯意瞬间消了大半，一条细长的胳膊礼貌地迅捷地坦然地不带一丝羞怯地抬起，一只小手迎向一只大手，显然是受到长时间熏染而无意中受到训练而悄然生出的一种老道。维吾尔男人的握手实在是太频繁了，几个小时不见手和手就要拥吻，孩子们是在握手礼中长大的，松古拉奇的男孩是被老人和大人的手握大的，女孩是看着这一切走向青春期的。

我和小女孩握手的时候，铁里瓦尔德和他的老婆一旁笑了笑。铁里瓦尔德说，女孩8岁了。隔窗又见一女孩，铁里瓦尔德说那是他10岁的女儿。我向她打招呼，大步走上前去，有点夸张地伸出手去，握住女孩的手，还用力抖了抖。和妹妹一样，她表情严肃、见惯不怪地伸出手与我相握，不一样的是比妹妹矜持些。

铁里瓦尔德打开包裹住馕的餐布，一只黑得发亮的甲虫赫然馕上，抬起一条前腿想要抵挡什么。铁里瓦尔德捉起甲虫就扔到身后的地上。他的老婆拿来了三个大大圆圆的玉米面馕，搁在甲虫光临过的白面馕上。铁里瓦尔德强迫我吃开水泡馕，看我不动就用捉过甲虫的手替我掰碎了馕。我全部吃下、喝完，没有受到甲虫的影响。在那样一种乡土气弥漫、地气十足、人与人又以礼相待的环境里，黑甲虫就不是问题了，虫就变成邻居了。与老人、大人与孩子握手，是松古拉奇最美的一个场景。他们自然而然地向孩子行握手礼。这个送给孩子的礼节，洁净无比。

"笑锣"

"笑锣"在四川是农民，到了新疆是地汉（农民）。

铁里瓦尔德说，"笑锣"是他的汉族朋友，晚上住在他家。他特别强调"晚上"。铁里瓦尔德白天带我第一次去找"笑锣"，人不在棉花地里。电话一通，铁里瓦尔德喊了声"笑锣"，就把手机塞给了我。我用汉语说话，"笑锣"一会儿用汉语，一会儿用"四川维吾尔话"，大概他被搞糊涂了。他说他在喀什，我问他什么时候回来，他居然说"洗个困"（两天），并且是浓重的四川口音。"笑锣"不是官，可见他还不容易。今天顺手抓住了铁里瓦尔德，他在大队（村委会）值班。本来另有安排，可我怕抓不住"笑锣"，"押"着铁里瓦尔德就走。

"笑锣"不是官，可他很忙。棉花地里，"笑锣"开着"突突"叫着的拖拉机。到了田边的村路上，他又爬上装满了化肥的汽车。心想，完了，人是见着了，采访要落空。

好在我喊声"笑锣"，他手上捏着一张纸下车到了我们跟前。急忙取出本和笔，问他姓名。他倒干脆，掏出身份证。这一掏，才知道，哪里是什么"笑锣"（小罗），人家不姓罗，姓芦，铁里瓦尔德和铁里瓦尔德们罗芦不分。

芦德林，1970年11月21日生，四川德阳中江县太平乡华兴村10组。

一位维吾尔族小火驾驶芦德林刚才驾驶的拖拉机。芦德林说，是朋友的巴郎子（"巴"音拖得长）。铁里瓦尔德说，朋友！哇哩哇哩（争吵）

没有！芦德林说，哇啦哇啦没有！铁里瓦尔德嘴里的"哇哩"从芦德林嘴里出来就成了"哇啦"，而且还是倒装句。

我去过芦德林在铁里瓦尔德家里的住房，半个房子是小麦和苞谷，半个房子是他的床。铁里瓦尔德拿起门后粗粗的木棍，说，晚上顶门。

芦德林指指棉田不远处的房子说，派出所不让住，怕出安全问题。那房子离村子不近，孤零零的。他说，自己做饭，吃水太困难，那边机井的水太苦，从他（铁里瓦尔德）家里拉水，他不要水费。他在松古拉奇村包地7年了。

我走进了芦德林的心境。从四川来到新疆，对两个地方的人有了鲜明的对比，感受到了维吾尔族待人处事的习俗，体会到了汉民族待人处世的特点。这是一个四川地汉（农民）深切的体验。我们汉民族有"点穴"的自信，有"扒皮"的能力，会越来越自信，能力也会越来越强。

四川人芦德林在的松古拉奇是"笑锣"。

"笑锣"不是官，可他很忙。他说，棉花一种下去，就有活干了，就离不开了，下雨天才能休息一下，冬天灌完水就能回疏附县的家了。

他说，大女儿24岁，在莎车县卖衣服，小女儿22岁，在成都上班。他说，老婆啥也没干，在家带外孙。还说，他当姥爷了。

"小笑锣"诞生在新疆。

热碧姑的冷热

　　我猛地踩刹车，向后面望去。咋了？徐若君问。车慢了下来，又慢了下来。刹车不那么灵了，不然，徐若君和奴儿斯曼的身体一定会向前撞去，又向后倒去。我下了车，面向刚刚经过的地方，搞得她们俩一起扭着脖子向后看。

　　路两边是一排连着一排的杨树，树下每隔十米二十米的就有一户人家。傍晚，树下人家不像白天那么冷落，不时有小孩路边玩耍，男人、女人或蹲着或坐着或站着。一个维吾尔女孩胖乎乎的圆脸吸引了我的目光，面相很特别，像是电视上唐朝肥胖的美女，长相明显和这里的人不一样。

　　那个女孩不像维吾尔族，可能是个汉族人，把她叫过来吗？我对奴儿斯曼说。

　　奴儿斯曼用维吾尔语招呼女孩过来。女孩早就发觉我们注意到她，但装着不知道，眼睛看着别处。听到奴儿斯曼叫她，就不紧不慢地过来了。姿势和神态又像汉族，又像维吾尔族，我有点怀疑自己的判断了。再细看，还是像汉族，塌鼻梁，小圆鼻头，维吾尔人很少有这样的鼻子。

　　你是汉苏（族），还是维吾尔族？奴儿斯曼问。

　　维吾尔族。女孩用和这里的维吾尔族农民一样纯正的维吾尔语回答。

　　我们是松古拉奇工作组的，他是记者，看你长得像汉族，就把你叫过来问问。奴儿斯曼又说。

　　我就是维吾尔族，那边是我爸爸妈妈的家，我自己的家在那边的11

村1组。

爸爸妈妈都是维吾尔族吗？都在11村吗？

是呀，他们从小就在这里。

你说你自己有家，结婚了吗？

结婚四年了。

有孩子吗？

没有。

一直就没有孩子吗？

就是，一直就没有怀上。

我上前问她岁数，她用汉语回答，21岁。我又问，你会汉语？她用维吾尔语回答，会一点。我不甘心地又问，你真是维吾尔族吗？她点头说，是的，维吾尔族。我觉得不好再问下去了，看着奴儿斯曼，看她有啥办法没有。奴儿斯曼说，她不愿意说，我们走吧。

我还是不甘心，用眼睛和手势招呼旁边一个中年男人，问他，那个女人是维吾尔族还是汉苏（族）？

那中年男人毫不含糊地说，汉苏（族），小的时候从巴楚那边抱过来的，抱过来的时候只有三个月大。

我感到意外的是，中年男人一点都不在乎那个结了婚的女孩就站在现场，而那个女孩一点都不在乎中年人说了那样一番话，既不阻止，也不否认。

这里的人都知道！中年男人又说。

那个女孩还是没有任何反应。

我对奴儿斯曼说，见见女孩的爸爸妈妈。女孩说，爸爸妈妈到阿勒泰走亲戚去了，一个月以后回来，我现在是给他们看家。

过来一个看上去50多岁有点派头的人，细高细高的，上身穿着件像30多年前流行过的月白色的确良衬衣。他说他年轻时在乌鲁木齐那边的阜康市当过8年兵。问他是小队将（长）吗，他说他是家里的小队将（长），家里有十二个人，比一个班还多两个人。我摸摸他的衬衣，问他是的确良吗？他说不是，是部队上发的。他名叫图尔舜。

奴儿斯曼问图尔舜那个女孩是汉苏（族）还是维吾尔族。

图尔舜说，不管她是汉苏（族）生的，还是维吾尔族生的，她现在就是这里的人，就是我们的人！就是维吾尔族！我们两家是亲戚！她就是汉苏（族）生的，是谁生的就那么重要吗？

奴儿斯曼对女孩说，明天这个时候来找她。女孩点了点头，问了句几点来？我和奴儿斯曼说，吃过晚饭以后。女孩又点了点头。

第二天下午，我们快快做饭快快吃饭。我把车开得飞快。奴儿斯曼没记住她家位置，问了两三个人，不知怎么费了好几分钟。我一回头，她就在车后二三十米的地方，她看到了我们，我朝她挥手，她看了看，竟快步进了房子。我在心里叫了起来：她跑了！她躲开了！我给奴儿斯曼说了，奴儿斯曼就像没听见我的话，直直进了她家。她和一个细高个男人站在院子里向外看。

她和男人按维吾尔礼节拿出当坐垫用的褥子让我们在庭院里坐。我拿出本和笔。奴儿斯曼和他们说了一堆话，就是不往正题上走。我打开本，捏住笔，问，名字？热碧姑·伊斯拉姆。丈夫的名字，岁数？瑟迈提·库尔班，27岁。看奴儿斯曼不问她身世，我也不敢问了。热碧姑·伊斯拉姆起身麻利地装了半盆子面，问她干啥，她说，给你们做饭呀！奴儿斯曼急忙说吃过了，我高声用维吾尔语说，不！不！她把面盆土炕上一扔，又叫上丈夫进了房子。奴儿斯曼悄声对我说，她自己不说，我们就不要问了，等她爸爸妈妈回来采访她爸妈。我一下子没了精神。夫妻俩拿出了馕、桃子、樱桃、西瓜、甜瓜什么的，一大堆。我像问小孩一样问热碧姑·伊斯拉姆，瑟迈提·库尔班是好男人还是坏男人？她笑着说，好男人。我给男人递烟，男人摇头，她尖声说，不！他不抽烟！我问男人，喝酒吗？男人摇头，头还没停，热碧姑·伊斯拉姆挥舞一下拳头，说，他要是喝酒，讲讲（原意是争吵，她的意思是打他）。我们都笑了，她有点不好意思，低了头，说，那边有汉苏（族），我跟他们学的"讲讲"这句话。常听维吾尔人跟汉族人说这话，我不知道到底是哪个地方的话，好像是北方人的话，更像是河南人的。我留意到，热碧姑·伊斯拉姆昨天和现在，好几次用专注的眼光盯我，我的眼光刚一到她脸上，她就闪了。我心里说，她知道自己是汉族人生的，所以她关注我这个在场的唯一的汉族人。说着闲话，热碧姑·伊斯拉姆熟练地和面。奴儿斯曼没有阻止。

热碧姑·伊斯拉姆和瑟迈提·库尔班也是在婚礼上才知道自己的男人长得是这样，自己的女人长得是那样。俗话说，女孩十八一朵花，还说，十八无丑女，全世界通用。十八岁的热碧姑·伊斯拉姆长得挺漂亮，瑟迈提·库尔班大高个，长得挺帅，高高的鼻梁。

热碧姑·伊斯拉姆是爹妈的独女，她说她有个姐姐，姐姐小的时候就得病死了。瑟迈提·库尔班的爹妈有六个孩子。

两人过得很好。结婚后，热碧姑·伊斯拉姆凉粉吃得多了，喝水也多了，爱说话的她话更多了。不爱说话的瑟迈提·库尔班话也多了些。热碧姑·伊斯拉姆说，他们两个人可以干四个人的活，每年给人摘棉花就能挣一万四、一万五千块钱，其他人家也就七八千。他们俩就有一个不好，结婚四年怀不上孩子。谁也不怨谁，特别是瑟迈提·库尔班，没有一句怨言，这是不多见的。你好我好两人好，四年没有吵过一次架，这更不多见。

我有点不信，多说了一句，真没有吵过架?! 热碧姑·伊斯拉姆盯紧了我，沉下脸，不是生气的那种，严肃地说，就是没吵过！我看看男人，瑟迈提·库尔班说，这么好的老婆，为什么吵呢？（摇摇头）不吵！

热碧姑·伊斯拉姆出门送我们，像其他维吾尔妇女一样，非常客气、谦和。

两口子过得好，是什么民族生的又有什么关系呢！

热娜的汉族女儿

　　我把戴着红领巾的孩子叫了进来，两手扶住孩子的双臂，正要张口对孩子说话，孩子的妈像被什么狠狠咬了一口，差不多是喊了起来，不行！不行！说着就推了一把孩子，孩子顺势走了出去。她又喊了两声，不行！不行！她扑到门口，关门，把孩子关在了门外。她伸着耳朵听外面动静，估摸着孩子走远了，压低声音说，不能让孩子知道不是亲生的！坚决不能让孩子知道！我一个劲地犯晕，问，孩子不知道吗？她的脸凑近我的脸，说，不知道！不能让孩子知道不是我亲生的！

　　几个小时前，大队将（长）干部找我，说是要上报个"民族团结先进材料"，村里一个老人的女儿收养了一个汉族女孩，需要采访这对母女，已经和母女俩联系好了，女孩正上小学，放学后才能过来。这对我来说是送上门的好事。过了放学时间，不见人来，到了饭点还是没有动静。大队将（长）骑着摩托出现，我问，人呢？他拨打手机，喊叫几声。好一会儿，一个30多岁的女人带着个孩子来了，女人脸上的表情显得很不轻松，一肚子的心事，期待什么，又害怕什么。女人和大队将（长）说了些什么，就把我叫进房子里，女人把门关上，一个劲地拨打电话。这个时候，我把女孩叫了进来。当妈的把女儿推出去后，接了个电话，说了句后让我接听，说，兰酒（州），我一看手机屏幕上显示对方号码是兰州的，很甜美的维吾尔族女孩的声音，一口纯正的汉语普通话，对方说，她不想让孩子知道不是亲生的，不想报道出去，只愿意接受帮助。我问对方是哪位，对方说，我是她现在的丈夫的女儿。究竟是怎么回事呀，刚搞清一个问题，就又冒出一个，我的心思在女人和她女儿身上，就把电话里的女孩放下了。大队将（长）悄悄对我说，你悄悄写出来，报上去就行了。我对女人说，你很难保密，大队将（长）知道，大队（村委会）的民兵也都知道，村里知道的人就更多了吧？女人的态度有点软了，说，不能让孩子知道！不能拍照片，不能上电视！我不愿放弃这次也许能挖出点故事的机会，也想好该怎么做了，就向她保证，不让孩子知道。我还说，孩子长大后很难瞒住，因为知道的人不少。我的话说得女人快要哭了。

女人热娜十多年前到湖北咸宁打工，老板也是维吾尔族，同村的，还是亲戚，老板的老婆是她姨姨，后来，老板成了她的丈夫。

热娜长着一张瓜子脸，长相有点像汉族人。一看她说话和她的动作就知道是个热辣辣的女人。热娜是和前夫一起去的湖北咸宁，这个前夫是她第四任丈夫。她带着前夫投奔姨夫艾尔肯。热娜做事很利索，老板和姨夫艾尔肯很满意。她去的时候，艾尔肯已经在咸宁卖了20多年的烤肉、水果和干果，把家都安在了咸宁。艾尔肯话不多，性格沉稳，和热娜的姨姨、他的前任老婆生养了四个孩子，顺序是一男一女，又一男一女，阴阳和谐，就好像是老天安排好了似的，那个和我通过电话、声音甜美的女孩就是他最小的21岁的女儿，可以说是生意兴隆，人丁兴旺。热娜的命运就没那么好了，结婚，离婚，一而再，再而三，四次结婚，四次离婚，原因不是她人不好，她就像松古拉奇的盐碱最重的地一样，怎么撒种都不长苗。她的老爹也像是松古拉奇的盐碱地上一棵孤零零的小树，当了一辈子地汉（农民）的老人现在一个人住在他那破旧的土块房子里，老伴早就离开了人世。热娜是他唯一的后代，他有过四个儿子，都在很小的时候就一个个生病死了。正说着，热娜的白胡子老爹阿喀吉进来了，是大队将（长）把他约来的。没说几句，老汉阿喀吉就指着热娜说，我就她一个孩子，就一个孩子，四个儿子都死了。说着，老人家流下泪水，抬起干瘪的黑手擦去泪水，又说，就一个女儿，一个孙女！我急忙把手搭在老人肩上，不知该说什么来安慰一个羸弱的老人，心里实在不是滋味。

热娜还在咸宁的时候，第四个丈夫离开了她。那个男人要老婆，也要孩子。热娜说，他们两个感情挺好的，可自己不生孩子，没办法。天下的孩子多得是，自己的孩子就几个，就是再喜欢自己不生孩子的老婆，家族里一人一句话就能把个壮汉压趴下。男人走了，孩子来了。一个当地人找到艾尔肯和热娜，说有个刚生下孩子的咸宁父母不想要孩子，你们要不要？热娜说，要，艾尔肯也说要。对方又提出要给钱，艾尔肯说，行。按说好的钱数艾尔肯给了对方九百二十块钱。艾尔肯和老婆在家里把孩子养了几天后，热娜热切地跟姨夫和姨姨说，她也生不了孩子，就把那个孩子给她吧。姨夫和姨姨同意了。热娜从此有了女儿哈丽丝。

哈丽丝远远地站着，穿着校服，戴着红领巾，那张小脸，一看就是南方人的。阿娜（妈妈）热娜不让她靠近我们，她很听话地立在那里不动，向这边望着。取得热娜的信任后，我走近了哈丽丝，用维吾尔语问她，上几年级？她用维吾尔语回答，三年级。几岁了？她张嘴想说没说出来，爷爷阿喀吉说，11岁，她说不清。阿喀吉还把食指含在嘴里，说，她吃手指的时候就到我们家了。

我们来到阿喀吉家。在爷爷家，大人们在外面吵吵嚷嚷的，哈丽丝在床上歪歪斜斜地做作业。语文作业本，汉字，超乎我想象，写得很漂亮，当天作业的页面上，头几行一笔一画的十分认真，后几行写上连笔字了，又让我没想到的是，几行"草书"有模有样，好几个字就像大人写的，尤其是"影子"两个字，好看又显得熟练，我欣赏了好一会儿。很明显，热娜对哈丽丝的学习抓得很紧，哈丽丝平时做了大量的作业。作业本用了一半多一些，我从头翻到当天的作业，除了一个4分，全是5分。哈丽丝几次跟阿娜和达垱（爸爸）说，她长大后也要像姐姐（兰州上大学的那个女孩）一样上大学。我对哈丽丝说，不要着急，慢慢写，坐端正一些。哈丽丝点点头。我忍不住又看了看哈丽丝的"影子",艾尔肯说,哈丽丝5岁那年,带她回了趟咸宁,她的亲生母亲看到了她,使劲地看。

邻家的几个女孩来到爷爷家,哈丽丝跟她们握手,不是游戏,不是玩笑,像大人一样礼貌地相握。在去哈丽丝爷爷家的路上,我想起刚到松古拉奇时见到的维吾尔族老人握手不放过小孩的场景,向哈丽丝伸出了手,哈丽丝很自然地抬起手臂伸出手,汗津津的小手。

艾尔肯从哈丽丝的爸爸变成姨夫,又从姨夫变成爸爸。老天似乎不会让一个人把好事都占全了。就在艾尔肯在湖北咸宁的生意越做越顺手、四个孩子各有成就的时候,遭受了中年丧妻的厄运。老婆在离家乡万里之外的湖北咸宁病逝。后来,他生意上的得力助手、时年32岁的热娜又成了时年61岁的艾尔肯生活上的伴侣。哈丽丝又有了爸爸。

热娜终于同意我们拍照,决定先到哈丽丝爷爷家拍。哈丽丝跟着父母住在邻村,爷爷家近,当时已是过了晚饭时间,我们匆匆与他们告别。告别前,我们对热娜说,明天拍,热娜很敏感地有点神经质地问,几点?孩子放学以后才行!大队将(长)急忙说,放学以后!放学以后!热娜放松下来,她的底线是,不能占用哈丽丝的上学时间。

第二天没有去拍照。打消了念头。

热娜的秘密不可能是秘密,早已是公开的秘密。

老是想起热娜"上学时间神圣不可侵犯"的语气和神态。

热娜最怕的事是伤女儿的心,最怕最怕的事是影响孩子的学习,最怕最怕最怕的事是失去女儿。怕的不是失去女儿的肉身,而是女儿的心。

万里送亡妻的艾尔肯

他抬起老婆重重的尸体，轻轻放进冰柜。装车，从湖北咸宁出发，目的地新疆喀什噶尔，万里送亡妻回乡。

2011年2月4日，艾尔肯牢牢记住了这个日子，这一天老婆在咸宁市人民医院去世，胃癌，享年46岁，在咸宁市生活了27年。就为了把亡妻送回松古拉奇，他买了辆车，买了台冰柜。路上，靠放在冰柜里的冰块降温，吃饭时，想办法通上电。雇了两个在他那里打工的同乡人轮流开车，每人的报酬是四千块钱，共八千块钱。

艾尔肯已经活了65年，娶过三个老婆。第一个老婆不生孩子，一起生活了9年，第二个老婆生了6个孩子，活了4个，这个老婆就是上面说的死在咸宁的那个，第三个也是个不生孩子的老婆，年轻女人热娜，比他小29岁，是亡妻姐姐的女儿。

艾尔肯是松古拉奇的湖北人，湖北咸宁的新疆人。他在松古拉奇34年，在湖北咸宁31年。4个儿子全在咸宁，6个孙子全都生在咸宁，4个在咸宁上学，两个在咸宁的幼儿园。在咸宁有一套100多平方米的楼房。他们一家子加亲戚有20多个人在咸宁。

艾尔肯的父姓是卡德尔（干部），第一次见面，我就开玩笑说他像个大干部，他哈哈大笑。他的确像干部，往那一站，稳稳的，话也不多，不卑不亢的。一身上下干干净净，因为在湖北生活的时间长了，脸上皮肤红润，细腻得有点像城里女人的脸。

1984年，34岁的艾尔肯出门闯荡。一开始，他过的是不安定的生活，去过几个省。他说，他把湖北走遍了。他问我老家是哪儿，我说祖籍河南新乡。他说，新乡！去过几次，现在还有几个维吾尔族朋友在新乡火车站做生意。

后来，他在咸宁安定下来。刚去的时候，不时地被人围观，当地人都好奇地说，新疆人！新疆人！先是卖新疆烤羊肉串，后是开饭店，还是以烤肉为主，这是一种品牌，也是一道招牌。羊肉是从河南进的，他说，河南羊多，肉也好一些。夏天，也卖新疆干果和水果。他说，头几年生意很好，从开始到现在，当地政府相关部门对他一直很照顾，免收好几项费用，连"门前三包"的打扫卫生都给免了。派出所和民宗委的干部对他很好，有的经常去看望他，有的见面就开玩笑。当地人对他也很友好。现在，生意比以前做得大，不能不讲究些，给他打工的亲戚或是同乡每月都发工资，一个月两千块钱，管吃管住，还有提成，晚上一串烤肉1毛钱，十串烤肉一块钱，说是奖金也行。他说，每年4到9月生意不怎么好，冬天生意好，吃烤肉的人多，过春节那一个月生意是特别的好，就那段时间能收入好几万。每年一到冬天，内地各大城市的维吾尔族就多了起来，夏天不少人就回家把地里的活干掉。艾尔肯家有11亩地，全都种的是小麦。艾尔肯每年回老家一次，收了小麦就回咸宁。

艾尔肯是不抽烟、不喝酒、不赌博的"三好男人"。

艾尔肯的4个儿女都有事做，21岁的小女儿阿丽娜兰州上大学，一年后毕业要考北大研究生。阿丽娜最暖艾尔肯的心，也最能触动艾尔肯心里温温热热的父女情。说起阿丽娜，不怎么说话的艾尔肯话就多了些。就在阿丽娜10岁那年，艾尔肯和老婆收养了一个汉族女孩，没当几天爸爸，就被不生孩子的热娜要了去。8年后，热娜成了艾尔肯的老婆，艾尔肯就又成了那个小女孩的爸爸。

这真是人间的缘分啊，是那么的独特，又是那么的珍贵！

红河边上的黑马

　　红河边上的那匹黑马瞪着眼，昂着头，站在那里不动也喘粗气，那是憋的，憋得慌，想跑，想跳，怎么也安静不下来。

　　红河就是克孜勒（红）河，史书上说是赤水，怎么都离不开个"红"字，因为河水是红的，像是帕米尔高原流出的血水。我见过克孜勒河发大水，那年，红红的河水暴涨，很多人跑到七里桥上看洪水。我也去了，河水像发怒的怪兽，翻卷着波浪狂奔，看得我发愣，心慌。守在桥上的警察把人往回赶。第二天，洪水硬是把钢筋水泥大桥撞垮了。见到了克孜勒河边的那匹黑马，我就想起了那次的大洪水，也想起一些作家对狂野的大河的形容，脱缰的野马。黑马憋着一股股劲，那股劲在它身子里发胀，窜动，乱撞；也憋着一股股情和欲，那股情和欲在它眼睛里蹄子上喷射，发作，打鼓。跑起来了，地鼓咚咚，只几步，几声，粗大的木头搭成的栅栏前，像人类中的驾驶员一样急刹车，再往前一点点，就撞上去了，它不放过一寸空间。一个急转身，鼓声再响。就这么翻来覆去的。实在不过瘾，在人看来够大的栅栏，对它来说太小了。立在那里不动，鼻孔也往外喷气。安静不了一会，就又开始咚咚。不是发情像发情。它还是不到一岁的马驹。那年在岳普湖县见过马一样的高头大驴发情、交配的场面，被欲火点着了的大公驴不顾一切，不可阻挡，不达目的誓不罢休，四蹄蹬得地动山摇。栅栏里的这匹黑马就像那年的那头大公驴一样。在我眼里，它就是黑马，就是天马，就是千里马。形成对比的是，旁边那匹灰马静悄悄的，说那是匹5岁的马。再次领教了什么是活力，什么是青春，什么是激情。把野马群形容成野河真是贴切。那次掀翻七里桥的洪水就像是万马奔腾。

伊马姆的伊犁马，伊马姆爸爸的伊犁马。伊马姆喜欢伊犁马，伊马姆的爸爸喜欢伊犁马。按照汉字可以说是伊马姆和伊犁马有缘，当然，在维吾尔语中就不是这样，汉语音译碰巧。伊马姆和伊马姆爸爸爱伊犁马，爱赛马运动是实实在在的，是放在心里憋在心里的。

这父子俩怎么也离不开一个"马"字。他们是做图马克的，图马克就是皮帽子，上面半个圆，扣在下面一个圈上，那一圈是黑色的或褐色的毛圈。他们做的是那种帽筒是金丝绒面、毛圈是水獭皮的图马克。2015年他们干的一件让很多人注意的事，就是造了一顶超大图马克，高1米，直径1.7米，周长4米，拿到喀什贸易交流会上展览，风光了好几天。有老板问价格，伊马姆爸爸说一万块钱，老板没买。伊马姆爸爸说，他是为了引起公蟹（社）领导的注意，争取图马克扩大再生产的资金。我是冲着图马克去的，却跳出一匹黑马；我是冲着伊马姆爸爸去的，却被和黑马驹一样年轻的伊马姆拦截了。一进伊马姆的家门，伊马姆直接领着我们进了马厩。那匹总想爆发随时会爆炸的黑马正咚咚擂着战鼓，在我眼里是横空出世。有栅栏围着，我还是害怕，要是撞上了人，非死即伤。马厩很大，比人住的房子大三四倍，有围墙，有顶棚，有栅栏。黑马在栅栏里，关禁闭一样。文静的灰马在栅栏外，一直都是立正姿势，四条腿直直的，如果是人中美女，那就是两双美腿。

伊马姆如果是一棵树，我就会把根子刨出来。院子里的土炕上坐定，我用嘴使劲地刨，19岁的伊马姆使劲往外抖搂。问了一堆，答了一座山，他就是不提他爸爸，我以为是爸爸老了，不管事了，都是黑马驹一样的伊马姆做主，就随口问了句，回答就一句话：爸爸年轻的时候也喜欢马，喜欢赛马。又问他爸爸到哪去了，说是巴扎上买"傻郎刀客"（冰水加酸奶和糖稀的冷饮）去了。我把"买"听成了"卖"。伊马姆爸爸一回来，天地大逆转，当爹的可是带着"刀客"来的，不让儿子说话，儿子忍不住插话，爹就让儿子闭嘴，小马驹伊马姆就老实了，客客气气兢兢业业地给我们盛"傻郎刀客"。伊马姆爸爸提着一大塑料袋"刀客"（简称），伊马姆把"刀客"倒进汤盆，随时给我们添加。闹半天，伊马姆爸爸知道我们要来，专程去为我们买"傻郎刀客"；却原来，爹生了儿子，儿子养马、爱马、赛马的兴趣都是从爹那儿来的，爹是根，爹不老，才40岁，一家之主，伊马姆不过是个跟班的。

伊马姆爸爸艾麦提·热伊姆不卖"傻郎刀客"，他的专业是做图马克，他家是图马克世家，他是第三代传人。和儿子不一样，他的名字里没有"马"，可他的专业里有"马"，他以图马克养马，那匹老想飞起来的黑马和老实巴交的灰马是他去年花四万块钱买来的。他一直养马，养了20多年了。他的心里有马，他的血管里飞马。他把我的采访这么当回事，又是亲自跑腿采购"傻郎刀客"，又是指示老婆亲自下厨做拉面，是因为他一字一字一遍一遍提出的请求：希望政府能划出一块地建赛马场。

流着血水的克孜勒河边，一下子来了360多匹骏马，河水流得更欢了，也更红了。大河两岸的人就像庆祝盛大节日，那些马都是热血青年，很多马主都是热血中年，其中就有伊马姆爸爸艾麦提·热伊姆。大队人马在河边聚了三天，这是一次喀什噶尔民间赛马会。组织者不是你，不是我，是热血中年伊马姆爸爸艾麦提·热伊姆图马克（维吾尔人常这样，职业或绰号挂在姓名的后面）。费神费力，乐在其中。组织这样一场赛马会，不是简单的事，酸甜苦辣咸，都在里面。最酸最辣的是场地不好，场地不够大。这是2014年的事，是艾麦提·热伊姆干的一件大事。

在这前一年，艾麦提·热伊姆骑着那匹灰马代表喀什市参加了在岳普湖县举行的赛马会。灰马挺争气，马上的伊马姆也没丢脸，第三名。回到克孜勒河边的家，艾麦提·热伊姆就想着要干那件大事。他希望每年都能有赛马活动。在他的身体里，一直都有一匹马在飞。

　　26年前，14岁的艾麦提·热伊姆跟着爸爸到伊犁，买图马克原料羊羔皮。少年艾麦提被伊犁马吸引住了。他说他一下子就喜欢上了，总是想着哪一天一定要一匹自己的伊犁马，骑在马上飞。伊犁马占领了少年的心，那不安分的马在他身体里飞来飞去。他说他也想像马一样跑，可人永远也跑不过马，他就想骑在马上跑。人喜欢什么不是无缘无故的，就看他的心是属什么的。一个人喜欢什么，他就是什么；一个人是什么，他就喜欢什么。喜欢的东西藏在心里，他自己早先不一定知道，碰上了，或者是鬼引路，他就开始对什么东西着迷了。艾麦提·热伊姆说，他就盼着自己快点长大，长大了就能养马了。几年后，青年艾麦提·热伊姆终于有了一匹他家的马，还不是完全属于他的马。那时候的他，就像现在的伊马姆有现在的他管教着一样。

　　儿子说，有马，没有赛马的地方。父亲说，有人有马，就是没有赛马的地方，条件不高，地方大一点就行，简单地修整一下，有了赛马场，平时就有了遛马和驯马的地方。

　　艾麦提·热伊姆的心很野，也很大，家里的制帽作坊太小了，放不下他。他还有个要求，在家门口的三亩地上建个图马克制帽厂。他说，乡里要建民族手工业基地，说是要给入驻的手艺人解决资金问题，他报名了。他说他两个都要干。

　　那匹黑马的心很野，也很大，马厩太小了，放不下它，栅栏简直就是拴住四条腿的绳子。不知道它记不记得伊犁的大草原，它肯定是一心想要在和天连在一起的大地上猛跑，跑起来天就成了地，地就成了天，天和地就分不清了。

天　坟

　　心被什么看不见摸不着的东西撞了一下，不轻不重地，脑袋里面紧跟着通了电似的，不强不弱的，仰起头来就往天上看，看见了坟墓，半空中的山顶上，半圆的坟顶，方正的坟墙，又小又黑的窗洞，如果是平顶的话，就像是缩小了的当地人住的房子。那是建在天上的死人的房子。事后觉得挺怪，进了那户人家的院子，只扫了一眼向我们走来的主人，嘴上就咦的一声举头望山顶，像是静悄悄的坟墓用什么神秘的办法提示了我。主人一声招呼，我不得不低下头来，轮到我与主人握手了，这才看清了主人的模样。

　　活人的大房子紧靠着山，直上直下的山墙简直就是老天很早很早就给这家砌好的超高的后院院墙。顶上圆顶坟房旁边还有三座矮一些小一些不带圆顶的坟。离这几座坟不远不近的山顶上，还有几处坟群，山就成了坟山，坟就成了天坟。

　　死了的和活着的亲人高低邻居。上面的，死心塌地地睡着，把自己还给了老天；下面的，尽心尽力地活着，把自己借给了自己。上面的，用什么都能看见的天眼看着下面，得到了下面想要的长生不老；下面的，用什么都能看得清的心眼看着上面，时不时地到上面去和死照个面，握握手，说说话，因为，他们很明白，下面的，不过是在天坟下暂时地活着，很快就会到上面去报到。死是生的头上怎么也摘不掉的帽子。

　　塔吉克人每天都要面对尖着脑袋的山，却偏偏是男女老少都戴平顶帽，把"平原"顶在头上。世界上最平的东西就在塔吉克人的头上，也供在他们的心里。其实，塔吉克人是生活在平地上的人，山里的平地，"帕米尔"也有高原平地的意思。高原和平原都是"原"，又宽又平的地。不少塔吉克人其实离山挺远，看着近，走起来是人走山也走，人远山也远。住在山脚下的，是背靠着山望着远山。高原上山山水水起起落落高高低低的，老天总是要划出那么一块平地。有的看着是座山，到了跟前是大坡，到了上面又是一大块平地。塔吉克人的坟墓在平地上，坟墓跟着人家走，人住在哪里，坟墓就建在哪里。有山村就有坟墓，有坟墓就有山村，村人就住在坟墓的周围，坟墓就建在人家的周围，有的干脆就是前房后墓。村子在墓地里，墓地在村子里。塔吉克人的坟墓是家坟。

我这个帕米尔常客是第一次见到坟山，天坟是第一次让我仰望坟墓。那座天造地设的山怎么就改天换地成了坟山呢？往三面看去，并不缺平地。问来问去问不出一二三，主人说不出什么，只是说爸爸的爸爸就这样了。县上的城市里的旁人和旁人的旁人也说不出四五六。只好自己想，自己猜。一上一下，和"前房后墓或前墓后房定律"还挨得上。或许是因为在山的脚背上盖了房子，爸爸的爸爸就让死了的亲人住在山顶，高高在上。汉人说，死者为大，爸爸的爸爸或许会说，死者为上。上面的死者随时都可能下来把人的魂带到天上去，就让死了的亲人的身子也上去吧。或许就是当年的爸爸的爸爸望了眼山顶就做出了决定，海有海葬，山就可以有山葬，没什么秘密，没那么复杂。山在那里坟在上，山在那里，坟就上去了。可还是得绕回来，这家和别人家也太不一样了，还是有什么原因的。山不言，坟不语，沉默是天言地语。

看到天坟的那天，是塔吉克人迎春的肖贡巴哈尔节的"初一"。大拜年，原本一声不吭稳稳当当的山都好像动起来了，大山的儿孙全出动了，一伙一伙，一群一群，挨家挨户地拜，完全不像平时看到的山高人矮地广人稀那样的空荡荡静悄悄。不长草的高山一下子在下面"长满"了人，藏了一年，憋了一年，就一下子雨后"蘑菇"了。苏里塔江老汉在家迎了一群送一帮，说不完的话，行不完的礼，喝不完的茶，吃不完的肉，送不完的馕。我想问问天坟的事，总也找不到机会。

住在山顶上的死人过不了年了，也拜不了年了。我望着天坟总觉得天坟在想着什么，看着下面走来走去的很快就会老很快就会上去的人。

安静了点，苏里塔江和一群客人站在院子里唱歌一样说话，声调像一些西方原声影视里的，这是一群被高原太阳晒黑了的白种人。我走过去手指山顶说，麻扎（墓地）?! 麻扎是维吾尔语，塔吉克人大都会维吾尔语。苏里塔江身边一个大眼中年人使劲点头使劲嗯嗯。苏里塔江抓住我的胳膊，带我走出院子，指着高处的几个地方用别扭的汉语说，爸爸的爸爸，爸爸，妈妈，姐姐，哥哥。天坟是苏里塔江家族的。

我们的车经过一个叫巴扎达西的村子。巴扎，集市；麻扎，墓地。巴扎和麻扎，都是"扎"，一个是活人聚集的地方，一个是死人群居的地方。不是在巴扎上，就是在麻扎里。活着，就在巴扎上逛，死了，就在麻扎里睡。

身子睡在麻扎，魂到山上去了。没有山的地方，魂就在空中，魂的下面是看不见的山，死堆成的山。山一直就在那里威严，不管你怎样，睁眼还是闭眼，山就在那里，不冷不热地看着你。看不看，说不说，山都在。塔吉克人开门见山，"死"在他们嘴里就是死，没有"百年""过世""羽化"这样的委婉。

大大的院子，高高的院门，塔吉克老板的家。院门上面白生生一副盘羊头骨架。那是主人脸面，也是人眼。骨架眼洞上两个城市里不多见的玻璃灯泡，是装饰，也是灯。那骨架和山地随处可见的石头没什么两样，无知无觉，但曾经是按照天地设计的程序长成的。

仰望天坟的时候，在村子里的墓地或者说是在墓地里的村子转悠的时候，我觉得我看到了，醒悟了，明白了。对死的态度，有简单的，有复杂的。简单容易成神，复杂容易成鬼。我在低处，他们在高处。塔吉克人简单地活着，石头房子一群羊，老老少少一辈子。

"拉面革命"

维吾尔族人的家里一天都不能没有馕，就像氧气一样不能断；维吾尔族人一天都不能不吃拉面，就像水一样不能缺。没有拉面，日子就不滋润，生活就旱了。维吾尔族人的拉面拉出了时间，喂养了时间。拉面像河一样长，像白杨树一样密集。没有河水，南疆的人就干了；没有杨树，南疆的天就塌了；没有拉面，南疆的时间就空了。

以前，拉面就认识肉和很少的几种菜，不知道白菜、莲花白、辣子、茄子姓什么叫什么，就直接把这些菜的汉族名字吃进去吐出来，白菜就成了"白赛"，莲花白就成了"兰花"，茄子是 …… 实在是找不出那么个音，有点像"妻子"，就有了很久以后的"妻子"拉面。西红柿有自己的维吾尔族名字，因为姓西的它从西边的那边来到西边的这边，它的维吾尔名字叫小葫芦。就这么几样有名的没名的，杂烩出拉面杂烩菜，天天这样，月月这样，年年这样，就像白杨树"单挑"农村单调的风景一样，但永远吃不够，吃不烦，就像空气没有味道一辈子都吸不够一样。维吾尔族饭菜简单，却很实惠，一种简单的复杂，简单到清水煮石头，复杂到能把石头煮出天地多少万年才能调和出的香味，那味道奶香一样，不猛，不浓，却能香到心里，香透魂灵，是老天爷爷和老地奶奶的手艺。简单地吃点"复杂"，大把大把的时间弹琴，唱歌，跳舞，要不就是墙根底下晒太阳，悠闲一把又一把，用内地兴起时间不长的说法就是"慢生活"。

人群是各种各样的男人和各种各样的女人碰出来的，各种各样的人群

还撞出各种各样的东西。拉面时不时地碰上面条，撞上面条各种各样的炒菜，时间一长，就不那么安分了，各种菜码的拉面应运而生。

进了21世纪的门，蹦出个茄子拉面，新鲜！在北疆也不算个事，那边的回族拉面早就吃起了茄子拉面。可在喀什噶尔，茄子拉面冲进了杂烩拉面的地盘，这是一场拉面革命。满城都在说，满城人都在抢，去晚了没座位。时风，时髦，时尚。好像是一觉醒来，茄子拉面爆红库如克泰莱克路，很快，茄子拉面又切向喀什噶尔古城的大街小巷。到了饭点，很多人就时兴地说："走！茄子拉面！"这势头真猛！

茄子拉面的革命性在于，引出了各种各样的拉面，用维吾尔族人说汉族人的那句话叫"样子样子的"（非常好），还搞出了菠菜拉面，几家拉面馆专做菠菜拉面，这在以前是不可想象的。其实比起内地还没那么多样子，比起面条的种类，喀什拉面还不算种类庞杂。拉面革命还在进行，只是没有那几年那么热了，时间又做了些筛选。茄子拉面成了寻常的一种拉面而已了。

发起这场拉面革命的是一男一女两个农民，是来自枯杨村（库如克泰莱克）的村民。他们俩将茄子拉面送到了食客面前。

村里从前那棵枯死的古杨为村子留下了村名，也留下了路名。这条路早先是狭窄的乡间小路。驴车多起来后，小路就宽了些。小小驴车的车印引来了马车，小路就成了大路。1997年，政府拓宽和平整了路面，还命名了，名字自然是库如克泰莱克路。政府还在道路两旁划出地皮，鼓励村民自建房屋开饭馆。很多村民跑了过来，很短的时间里，路两边就出现了一长排门面房，就成了美食一条街。

这个时候的阿里穆江·麦麦提明和阿米娜谷丽·卡迪尔两口子正在坑坑洼洼的路上跌跌撞撞。

阿里穆江是喀什噶尔历史名人萨穆萨克阿吉的后人，也和一百多年前喀什噶尔大财主巴咯洪有亲戚关系。在他引爆茄子拉面之前，一直就

"名"不起来，也发不起来。没事的时候，喜欢两手搭在胳膊上，胳膊贴在胸脯上，直直地看着什么，眼睛的话比嘴说得多。老婆阿米娜谷丽比他话多，比他活泼，更比他活络。我采访他们的时候，她很兴奋，憋住笑，好几次还是没有憋住。阿里穆江却很内向，问他话，好半天才能憋出一句话，话全让老婆说了，老婆就成了我的采访对象，他给我们炒茄子去了。

两口子以前是干啥啥不成，没做成一件事。每做一件事，他先是苦思冥想，尔后是埋头苦干，结果是摔得不轻。最早开了家裁缝店，时间不长就把自己给裁了。然后是饺子店，很小，开了三年把自己给包进去了，店面出租，回家他妈歇（维吾尔语结束了、完了之意）了。这两口子当然歇不下来，卖菜不行。他们想满街满城都是拉面馆，别人能行，我也能行吧，那么多拉面馆，没见谁家开不下去。很长一段时间，两人不知该怎么办了，不知该干啥了。总不能天天躺在床上睡大觉，他们还是干了点事，背井离乡，去和田了。干什么？不知道！找机会吧！在和田市郊一个偏僻的地方，有间空房子，旁边堆满了垃圾，所以便宜。他们租下空房子，雇车运走垃圾，足足拉来四卡车土平整了地面。主人看了旧貌换新颜的房子四周反悔了，说什么也不同意出租了。两人说了一堆好话也没用。那几天，他们真是欲哭无泪。一气之下，回家！路上，她突然对他说，开茄子拉面馆。两人说过来说过去的，路上就做出了决定，茄子拉面！

怎么想出来的？她对我说，维吾尔族人喜欢吃茄子，就那种长条的，专门卖茄子拉面，和其他饭馆不一样，能吸引人，生意会好的。老村长泰瓦库利·如兹对我说，他们两个胆子不小，在和田吃过一次菜里茄子多一些的拉面，就想着回来也开饭馆卖茄子拉面。我在心里一笑，这个阿米娜谷丽比她老公胆大！可以说是灵光一闪，在杂烩拉面独霸一方的情况下，敢想也敢干，就不简单，况且，他们又是常败将军，就更不简单了。

库如克泰莱克路多了家拉面馆，多一家少一家的毫不稀奇，稀奇的是新饭馆打出了茄子招牌。这一回该是他们时来运转了。没多长时间，大半个古城都知道了，茄子成了他们的代言人，跑遍了大街小巷，食客争相传说、品尝忽然间变得稀奇的茄子。没多长时间，周围的几家饭馆也举起了茄子摇晃，没办法，茄子不是他们的专利，茄子属于大家。没多长时间，喀什古城到处都能吃上茄子拉面，不知哪里刮来的这股风，也不知是谁突发奇想搞出来的，更不知谁先谁后谁真谁假，食客们不管那么多，能吃上就行。

一阵风，新鲜一阵也就过去了，但茄子拉面没有被风刮走，也没有因为过了新鲜劲就疲沓了，茄子拉面像树那样扎下了根。不光是这样，不大不圆也不长的长条茄子搞得其他蔬菜也不甘寂寞蠢蠢欲动。茄子拉面的热劲过去后，就有聪明的老板捧出了这种那种的拉面，有多少种维吾尔人喜欢的菜，就有多少种拉面，在出了古城第一家茄子拉面馆的那条街上，几乎每家饭馆都有特色，成了喀什噶尔特色美食街。我第一次吃菠菜拉面只觉得满嘴异香，菠菜按维吾尔族方式用火的激情跟羊肉缠绵，加上皮芽子的催情，发生物理和化学反应，菠菜独有的味道里弥漫着肉味，别有一种香，吃了还想吃，大喊，加面！加面！对同伴说道，明天还来吃。

松古拉奇剩男的两个世界

松古拉奇村的上海人阿曼提·阿卜杜热伊姆37岁的时候还没结婚。做过他女朋友的上海大女孩青青也是过了30还单着。阿曼提脱单以前，就像天上超大超亮的星星，就他这么一个月亮。村里还有单身的人，可人家是结了婚又离了的，就连快50岁的盲人泰瓦库勒都把自己又一次整成有老婆的人了，这是泰瓦库勒第四次结婚了。一结婚泰瓦库勒就紧跟老婆（娘家在市郊）到艾提尕尔广场边上摆摊去了。泰瓦库勒走了，从来没结过婚的阿曼提来了。村人说，又从香嗨（上海）回来了。回来就回来了，什么东西掉水里扑通响一声也就完了，有的村人连那一声响都没听到。回来不是事，不回来才是事呢。假如他把青青带回来了，那就成新闻了。至于他怎么还不结婚，早成旧闻了，没几个人议论，议论的几个人也没多大声，顶多是多说那么一句，上海那边不是有个汉苏（族）女朋友吗，没成吧?! 知情的人说，没成! 能成吗?! 不可能成! 村人们各过各的日子，都忙着呢，不忙的时候，墙根下或者是树荫下打个盹，不操那份闲心，不扯那个闲蛋。电视早就成了家里的小件，手机也早就成了地汉（农民）身上的零件，听的比以前多了，见的比以前多了，耳朵比以前长了，眼睛比以前大了。要是在以前，阿曼提会被大家皮球一样传来传去踢来踢去。父母都还在的话，老娘的唠叨会撑破他的耳朵，老爹的责怪会刺破他的脑袋。倒退50年，他会被当成怪物，倒退一百年，他会被当成妖怪，村里的冷话会冻伤他的心，村外的传言能把他变成不是他的人。如今，都知道有那么个人，有那么回事，但没人多事了。那天在人堆里我有意说起阿曼提剩男的事，一个个没啥反应，也没几句话，也就没说起来。剩男自己在村里来来去去忙里忙外的，看着挺滋润，也挺自在。太阳还是那颗太阳，地还是那块地，人不是那些人了，脑袋里装的东西不一样了。渠水流着流着就小了，老理传着传着就少了。

阿曼提·阿卜杜热伊姆当然不是因为见惯了上海滩上的剩男剩女才单飞的，天边飞了十几年，飞着飞着就落单了，成了松古拉奇村的"齐天大剩"。他认识的那些单男单女时不时地在他眼前晃过来晃过去。一开始，阿曼提的心被撞了一下，又一下，再一下。他说，一问这个也没结婚，那个也没结婚，女的也是这样，女人这样行吗？那些女人的爸爸妈妈就不想办法吗？很奇怪很奇怪，想不通！时间一长，认识单身男女一多，慢慢地就不当回事了，后来还觉得也挺好。他说，我看他们那个样子每天也都挺高兴的，这个样子也可以嘛。阿曼提一天天一月月一年年地走近了剩男的队伍，他有了一种体会，人不是想咋样子就咋样子的，自己都不知道怎么就变成了自己想不到的那个样子的人。他说，挣钱慢得很，时间快得很。他爱说"烦"这句汉语。我几次听他说，没有老婆让人烦得很！没有老婆太不好了！不好过！他又笑着说，有老婆也烦，我看不少有老婆的就烦得很！

阿曼提这个名，可以说是那个上海女孩青青给他起的。身份证上是艾买提，青青的那封信上写的阿曼提，她说跟阿凡提就一个字不一样，我觉着挺好，就阿曼提了。"青青"是阿曼提的口音，也可能是倩倩或婧婧什么的。

在烟熏火燎的烤肉摊上，认识了爱吃新疆烤肉的上海大女孩青青。她在附近开了家卖包的小店，经常是一个人来吃烤肉，吃拉面。她说，几天不吃远远地闻到烤肉味就馋，她常说：你们太会做生意了，故意在炭火上放些羊油，香味到处飘，让人都来吃。松古拉奇大男孩阿曼提·阿卜杜热伊姆的面相既有西方人的粗犷，又有东方人的柔和，像东西混血儿。他先是暗恋上海大女孩青青，他说他恋她恋得病了一场。烟熏出了友情，火燎出了爱情，好上了，后来好到谈婚论嫁了。可青青妈当时正在国外办业务，隔海炸出声来：不行！除非在上海有房子！车子！票子！阿曼提·阿卜杜热伊姆没有"三子"，只有身子。青青妈把青青的妈妈的妈妈（阿曼提的治风）当佘太君，老太太粉墨登场，挂帅出征，"一两星星二两月，晒干的雪花要一斤"。后来，青青递给阿曼提一封信。维吾尔族大男孩阿曼提·阿卜杜热伊姆和汉族大女孩青青相处不到一年后和平分手。

阿曼提不愿多说青青的事，他跟我说她现在有男朋友了，不能写，你的文章出来的话，看到的人多的话，对她不好。我说，不用真名。我心里说，海里那么多水，沙漠里那么多沙，想找出青青这滴水、阿曼提这粒沙，抽干一大半的海水，搬走一大半的沙包也找不出来。我还想，水和沙是亲家，也是冤家，水大的地方就有沙子，可沙子多的地方水就少。大沙漠里并不是寸草不生，只要有水，也能结下好姻缘，生出绿来。

阿曼提在大上海交了几个朋友。一个20来岁的女孩见了阿曼提就嘻嘻哈哈，还帮阿曼提写情书，追喜欢的汉族女孩青青，阿曼提就和那个上海女孩开了朵"无果花"。还有个50多岁的叫顾月明的朋友，阿曼提管他叫老顾叔叔，叫老顾的老伴阿姨。我和阿曼提正说话提到了顾月明，他掏出手机就拨通了顾月明的电话，两人你一言我一语地说个没完。50多岁的汽车司机顾月明从不吃羊肉，常和阿曼提一起喝酒，一来二去地让阿曼提带"坏"了，开始吃点羊肉了。

阿曼提又从大上海回到了松古拉奇村。村里有人说，香嗨（上海）人来了！

我第一次和松古拉奇村的上海人阿曼提·阿卜杜热伊姆见面，我觉得他那张脸和村里其他男人山高沟深的黑脸和沟深山高的褐脸不一样，白净得多，皮肤也嫩，主要是神态不一样，平和，眼神比巴喀吉他们柔和得多，他说他是铁力瓦尔德的弟弟。什么?! 就那个黑瘦的小头小脸小眼小个子，嘴不饶人的铁力瓦尔德?! 反差也太大了吧?! 他和他哥完全是反的，就不能站一起。我受惊的心安静下来后，慢慢一想，也许是一方水土养一方人吧! 毕竟他在上海待了很多年。

阿曼提荣归松古拉奇村。村人也都是见怪不怪。我想挑起话题，对一群人用掐客掐客（玩笑）的口气说，他没有老婆! 你们也不管! 没有出现预想中大家都笑的场面，一个个都不觉得是多么不寻常的事。团支书阿伊夏慕重重拍了一下我的肩膀，说，你给他找一个!

阿曼提·阿卜杜热伊姆说，他还要回上海去。他说，每次回到松古拉奇，连着十几天都不习惯，睡不好觉，烦得很。电话里，老顾问他什么时候回来，他说这次回去得要晚一些。他没对老顾说的是，晚回的原因是他想结婚。我问他有女朋友了? 摇头。他说，没有老婆太不好了，烦得很! 我看他是嘴上烦，每天显得挺忙，每次看到他都是乐呵呵的，一点都没有要结婚的迹象。问他什么时候结婚，一会儿说村里人忙完了地里的活，一会儿说不知道。

这个松古拉奇的上海人，也许人生的下一站就成了上海的松古拉奇人，无论如何，都希望他有好的未来!

人好，地方就好

在家里他和老婆打嘴仗，打来打去，打跑了两个老婆。在外面他和"梁山好汉"打群架，打来打去，打出了一个公安朋友和一笔赔款。对松古拉奇有怨言，对湖北、山东、河南有赞扬。翻来覆去说了几遍，很想那边，太想，怀念湖北和山东。他摸着自己的胸口，说，心里想，心里爱。

阿里·乌迈尔说的汉语有湖北味，很重的维吾尔口音加不轻的湖北腔调，听着有些费劲，伸长耳朵就能听出湖北味道的普通话，大半个维吾尔舌头，小半个有点畸形的湖北舌头，打糊糊一样搅出了有点咸有点涩有点怪的"松古拉奇咸宁普通话"。20岁的时候，阿里离开松古拉奇第一次出远门就去了湖北咸宁，待了5年，又带着一嘴"咸涩怪"在梁山、济南、郑州的大街上又是烟又是火地叫卖烤羊肉。烟熏火燎12年，对一个在那边从小年轻变成老男孩的维吾尔人来说，算是一段很长的时间了。他细高的身体很长，脸更长，说起话来就长得没边了，不管你爱听不爱听，只顾说自己的，打断他，就又开始新的短话长说。

阿里在咸宁5年，回了三次家，其中一次是结婚，3年后老婆才生了孩子。后来离婚了。后来他又有了第二个老婆，但是过不到一起又离婚了。一直到现在，他还是一个人。

他说，喜欢咸宁那边的人。常和那边的人一起打牌，喝茶，喝惯了那边的茶。附近的小商店里，他时不时地大声说句，今天没带钱，拿包烟！好！好！附近的人看到他，时不时地大声说句，坐一会儿嘛！喝点啤酒！

他在那边有年轻的朋友，也有年老的朋友。和开饭店的小沈（音）合作了3年，一直都是不吵不闹顺顺利利的。他说，很想那边的人。

在梁山，他2.3万元买下一家饭店，按合同分两次付完，他只付了2万元，给对方说了些好话就先欠着。他带着5个人经营饭店，每人每月1500块工资，管吃管住。

阿里说，一个地方和一个地方的人不一样，山东人热情、直爽，脾气大，在其他地方没和人打过架，在山东就打了一架。他遇见了三个"孙二娘"。他请来的二娘串羊肉。串一百串肉八块钱，一个二娘一天可以串四五百串肉，一天就能挣三四十块钱，五天算一次账。三个二娘都很直，很爽快，心里搁不住话，几次大包大揽为阿里办事。二娘们一来，她们就和他说说笑笑的，饭店的后堂就装满了说笑声。过段时间就请二娘们吃顿饭。她们有时拿他单身开玩笑，说是要帮他找个梁山女人结婚。他说，他很想她们，很爱她们。

有一天晚上11点多，四个伙计吵吵着让他请客去网吧上网。路上，十几个一身酒气的人撞了过来。干啥呢？你们哪来的？两边吵了起来。他的一个梁山朋友正好路过，急忙劝解，两边还是打了起来，这边五个人只有招架之势。混乱中，他眼看一块砖头砸来，又一块砸来，感觉到两只眼睛被血糊住了，知道自己是头破血流。他抱头蹲在地上。他说，他当时很害怕，以为自己会死，就是不死也会成傻子。医生检查后说，没问题，他说他听了很开心。他们到派出所报了案，给他赔了五千块钱，这是他在内地唯一一次打架。

阿里在松古拉奇有个四川朋友，过段时间他要跟这朋友到四川去。铁力瓦尔德叫这四川人"笑锣"，阿里叫这四川人"小路"，就是那个四川人芦德林。"小路"包地的合同是维吾尔文，阿里帮"小路"起草和把关，不放过一个字的误差。阿里说，两边要一样，不能一边吃亏，一边占便宜。两人成了好朋友。"小路"让阿里到自己的家乡四川德阳中江县去玩

玩，管吃管喝，要是合适的话就在那边开饭店。本来去年就能成行，老爹
去世拖住了阿里的腿。两人说好了，今年冬天一起去。两人有个共同点，
那就是都用赞赏的眼光看对方。

阿里常说：

人好，地方就好。

心好，哪里都敢去，哪里都能去。

生意人

鱼池被人挖了！10亩鱼池全被挖了！伊敏纳吉·吾迈尔想哭。鱼冲跑了！很多大草鱼！他骂了几声。走！乌鲁木齐去！让你们看看，伊敏纳吉是有钱的大老板。鱼池被挖以前，伊敏纳吉·吾迈尔在乌鲁木齐干过几年，积攒了一些钱。家里有不少事需要他，就回来了。

二十六年后的今天，伊敏纳吉·吾迈尔想起这事，对我说，挖鱼池的人说我这个人不行，说我用水太多了，其实，是他们眼睛不行了（眼红）。想想也是，在一群盐碱地上的地汉（农民）中，又是在二十世纪八十年代末刚刚改革开放不久，人们的意识还没有完全改革、思想还不够解放，可是伊敏纳吉·吾迈尔太突出了，太冒尖了，太不像个地汉了。现在的伊敏纳吉·吾迈尔是松古拉奇村的大老板，产业多，财产多。和朋友一起投资50多万办了家大养殖场，围墙围起了11亩地，一大群鸽子，一大群鹅，一大群羊，一大群牛，还有一群高原上下来的牦牛，前年开办，去年已经开始盈利。他包了200亩地，种小麦，麦草喂牛喂羊。小麦收割后，就种上白高粱，到时候租用康拜因收割机收割。去年1公斤白高粱的价格是3块6毛钱。他有3台挖掘机、3辆铲车、1台地磅。他销售化肥、农药、麸皮、小麦、苞谷、棉花、油渣什么的，他还栽种了40亩无花果、300多株桃树。没有他不干的，没有他不卖的，就差在地上钻个洞，到地底下也去做生意。

伊敏纳吉·吾迈尔在乌鲁木齐前后干了十几年。说一口北疆汉族话，很重的回族腔调。在乌鲁木齐先是开饭店，兼卖鲜羊肉。他从不单打一。

去乌鲁木齐之前，他倒腾自行车。他说，他第一次做生意就是从阿图什进了一批自行车，时间是1984年，他16岁。赚了人生中第一笔钱之后，开始在南北疆四处跑，项目还是自行车，还往北疆的兵团147团场跑，进拉拉车的轴承。在呼图壁那几年，他也是几朵花一起开，开了家榨油厂，开了家饭店，批发羊肉。人家是狡兔三窟，他算是狡"伊"三"业"。

做生意之前，他是不安分的地汉（农民）。他说，种地挣不哈（下）钱！

做不安分的地汉之前，他是松古拉奇老学校的小学生。我问他，在学校是不是很调皮的学生？他说，不是，不调皮，学习也挺好，语文、算术都学，也学汉语，会写一些汉字，后来做生意还用上了，还爱看书。心想，在学校他就搞"多种经营"。

不是亚瓦西（木讷人）的伊敏纳吉·吾迈尔成了恰瓦西（白发人）。白发还不多，做的项目比白发多。等他真正成了恰瓦西，不知钱能挣多少，产业能有多大，财产能有多少。看他现在不辞辛苦，忙来忙去，一定会心想事成的！

热

古城窄巷两边的房子是从土里长出来的。

黄土地里种黄土。清亮的泉水一见到选出来当种子的土就变了颜色。土和水投怀送抱卿卿我我地黏糊到一起，生出了土不是土水不是水的东西，一点一点往上长，房子就慢慢长出来了。再天天让人体这个火炉烤着，房子就又熟了。看着是暖的，闻起来是暖的，想起来也是暖的。

房子乱长，长成野树林。乱成一片的房子各有各的长相、各有各的表情、各有各的姿势。枝干竖着斜着横着，不是房子上面长房子，就是桥一样搭在巷子两边的墙头上，下面成了人钻进钻出的隧道。房子上面的房子扭扭歪歪的。巷道也是蛇一样乱扭，扭来扭去扭出一条条小河。一双双脚是船，载着人来来去去的。野树林里腾腾的勃勃的乱。

乱城巷子里，来了个画画的阿雅乐（女人）。

土头土脑的小巷里一汪清泉水。

一双大眼清亮，总是带着笑意。一张大脸亮堂，嫩白嫩白的。要是有人看着这张脸描述，可能会是这样的：一双眼黑亮亮，一张脸白嫩嫩。

跟她接触多了以后，我一次次处在她那双眼的直视下。看人的时候热辣辣直愣愣的，笑的时候眼也跟着笑，不笑的时候眼还一直笑着。眼睫毛又黑又长，不时忽闪一下，热辣里就有了柔，直愣中有了波。

大高个，就是胖了些，像是唐朝胖美女。我还觉着脸也大了些。

少妇佐热乱中画画。坐画凳上。画着画着站起来。抬头看看，低头画画，再看，再画。天一热，来巷子里的画家不多也不算少，摄影的多得烦人，人人都是手机摄影家。画画的不多，画画的阿雅乐（女人）就更不多了。大人小孩围一群。

一看就不是小巷里长出来的。再一看，像是飞出巷子又飞回来的水人。旁逸斜出的一间间暖房早就把热送给了水，让水飞起来，飞天上去了。少妇的全名是佐热古丽·麦麦提。土巷里不少人认识她，不知道她的人听说是谁谁的女儿，谁谁的孙女。

佐热古丽·麦麦提嫁接到巷子外面的机关大院里。新城从古城来，是古城这棵大树长出来的新枝新叶。她是土房子上泥巴墙上从前的水，飘到外面去了。她和巷子又是丝又是缕的连着，根在巷子的土里，水在巷子的上面飘着。

乱巷里容易迷路。巷子的土里蘑菇一样拱出来的人也有转晕的时候，只好让地上的砖打哑语，六角砖是活路，四角砖是死路。一群说话京腔京调的人不懂砖的哑语，迷了路，正咋咋呼呼干着急乱走乱撞的时候，撞见了一个画画的漂亮女人。美女一说话，都高兴了，美女的普通话比很多省的人说得好。灰黄的巷子一下子就辉煌了。迷路的众人和美女没完没了地说起来。他们还想去其他景点，听说大巴扎很大。美女收笔，收画架，收画凳，扔出亮话：我给你们带路。一群人直道谢。美女又甩出比太阳还亮还暖的话：带你们到东门大巴扎去！

我接待过不知多少内地客人。不少客人得到巷人的帮助，或是在人家里吃了喝了，就掏出钱来往对方手里塞。有的事先还悄悄问我，多少钱？我看情况，凭感觉，偶尔有开口要钱的，就说个数字，多数时候我是摇头。那次在那家驴马店改造的旅店里，在老板家里坐了会儿，那位副主编就问我多少钱，我说不用不用。副主编不听，塞钱，老板娘一愣，一声"牙—科"（不行），那声"牙"音拖得长，"科"音是粗大感叹号，就跟牙疼一样。我看副主编那脸上，有亏欠了人的不安，还有搅扰了人的歉意，更有被人款待了的谢意。

佐热领导一群人离开古巷。古巷很有味道，不知那群人尝到的是浓还是淡。据说，这样的古城全世界也少见了。

东门大巴扎上，摊点和店铺挤着，大顶棚罩着，千万种货物的眼瞪着，进去了有点黑森林的感觉。早晨，守摊守店的人比逛巴扎的人多，却不显得冷清。经常是我一进去就有点烦，烦那些瞪着你看想让你看想让你买的货物，啥都有，啥都想看，眼和耐性不够用。人多的时候，不管是谁，挤进去就像水滴掉进大河。想仔细看看货架上的东西都成了不那么容易的事。

佐热像只领头羊率领着一群刚刚认识的北京人来到东门大巴扎的时候，为首的"京嘴子"眼和嘴都不够用了，见过这阵势，没见过这风物。问这问那，还不忘转弯抹角问佐热，怎么有空陪我们？佐热回答，喜欢你们！你们走了以后，会想你们的！说完，一双黑亮大眼笑着直直看着对方，脸上也灿烂着笑。"京嘴子"愣了愣，和佐热一起哈哈。佐热接着严肃起腔调说，和你们挺说得来的，以后就做朋友吧！以后一来喀什就和我联系！

佐热的汉字书法也比很多很多汉族人写得好，我想，也可以说比多数汉族人写得好吧。她说她小时候第一次看到书法作品就被吸引住了，觉得很好看，长大后觉得很有一种味道。

佐热是大院里"乐"大的。小时候就和一群汉族和维吾尔族小孩疯玩。像男娃娃，吵嘴打架不比真男娃娃差。大了点，就不吵不闹了，说话做事热乎乎的小女孩，学习起来更有一有股热乎劲。兴趣还是在文艺上。天生的，催生的。一个阿雅乐（妇女），三代知雅礼（知识分子）。爷爷是知雅礼，奶奶也是；爸爸是，妈妈也是。那天她先说爸妈，爸爸教育局的，妈妈是教师，爸妈是大学同学。我没觉得怎么样。她说到大爸爸（爷爷）是二十世纪五十年代新疆学院（现新疆大学）毕业的，我心顿了那么一下。

大妈妈（奶奶）也是那个学校的，两人也是同学。我心又一顿！想起那句成语，书香世家呀！爷爷奶奶特别喜欢旅游，她带爷爷奶奶游敦煌。

她小时候。一双大亮亮的眼一忽闪，老师讲的就懂了，不那么懂的，就记住了，不一定那一天，眼睛再忽闪忽闪，懂了。学习好。好学生。玩起来热火朝天的，学起来热流涌动的，和人说起话来热气腾腾的。好像什么都喜欢，游戏、学习、交际，后来觉得自己还是喜欢学习。好像哪门功课都喜欢，后来觉得还是喜欢图画课。画画。说学就学，说干就干。迷上了画画。画着画着，觉得汉字书法也好看、好玩。画着学着，成了大姑娘，就考进了大学，美术专业。后来，双学历，双本科。再后来，在中国艺术人才网主办的中国艺术大赛上得奖。

她画了一匹狼。狼视世界，凶狠的目光一下就刺穿了锁定的目标。天裂地开，钢嘴铁牙，要把世界吞下。铜铸的前爪一只按住大地，一只就要撬动大地。身体里的火就要喷出，憋出脊背、双眼、前爪几点几片红。

我想，沙狼应该更狠，更执着，大漠和大沙漠里，盯上了绝不轻易放掉，咬到嘴里绝不轻易松口。心脏像火山一样喷发，血像岩浆一样滚烫。老天把野地当火炉，烧起了生命的野火，蹿起了生存的火舌。生命热力在生命的地底下喷射出生存意志，还不忘舞出火花。

她心里就住着一匹狼。佐热像沙狼一样"捕食"，自己给自己规定，每天最少画画两个小时。出了家门，是教师（后来是干部）；回了家，是护屯（妻子），护家护孩子。

没能远远地走，不远也不近地走到了农村，要待一年。进了村她就决定实施一项大工程：自费给全村每一户的一个人，画一幅铅笔肖像。全村五百二十五户人家，她说一幅画最快要一天时间。又是一番长途奔袭的苦猎。

她写了两个福字，红底黑字。让两个维吾尔女同伴把福字亮在胸前，两个字一正一反，两个同伴站她身边左右，她个子高站中间，高出两个同伴一头。合影。后面是两个维吾尔族和两个汉族男人，她还是显得高，岔开了，不然，会挡住后面男人的半张脸。佐热古丽·麦麦提女士快乐地准备过春节。她说，还是小时候的春节热闹，每年都要跟爸爸妈妈的同事、院里的汉族孩子们一起过春节。她说她春节也有请客的冲动。她笑着说，汉族人过节，我们就跟着过，跟着放假，我们过节，汉族人也是，新疆的大节比内地多！

跟佐热在一起，总能听到她的大笑声，那种喀什噶尔维吾尔族女子尽兴尽情的笑，声音冲到高处时高得尖锐，有的女人有的时候有那么一会儿笑成了尖细的喊叫。如果让一百个一千个佐热集合起来一起大笑，一定能刺破天。

佐热是那样热情，对生活充满着爱！

村里的老兵

　　我招手，他定定地看，又招手，他朝身后看看，看是不是招呼别人，再招手，他一声喊叫，娃（我）吗？我也喊，是！他继续喊叫，好！行！我去！我和他的喊叫声一下子就装满了大院，所有人的耳朵都被撞了，眼睛被牵住了，静悄悄地望着我们俩，鬼子一旁嘿嘿地笑。他起身就往这边走，边走边喊，我来了！老汉！你下楼！

　　握手，问候，两个人像是吵架。我说我是记者，想采访你。他喊，不行！事情多得很！家里有很多事！我有9头牛！现在还要开会！我说，就半个小时。他说，现在不行！那天到我家去！我说，还是在大队（村委会）吧！他说，到我家看看！看看我的房子！看看我的地！看看我的牛！看看我的羊！看看我的鸡！不看，你怎么采访?！

　　在大队（村委会）开会，经常是等人就要等半天。开会前，我和他聊了会儿。他一屁股坐下，自己跟自己说话，嗯……两个老汉坐在一起说话。

　　弥吉提·伊敏老汉不像老汉，说话、走路、做事像年轻人，精瘦，又像正发育的小青年。喜欢戴个小白帽，说话总是高八度。和他第一次见面第一次说话，老汉就双手握住我一只手，说个不停。

　　一连几个晚上，弥吉提·伊敏老汉都把大院搅得不得安宁，高高的喊声震动夜空。立正！稍息！齐步走！一二一！一二一！一二三——四！一二三——四！六十多个大队（村委会）民兵在老将的号令下都成了听话的机器人，大院成了兵营。

　　1967年到1973年，他在乌鲁木齐当兵。对那几年的记忆，在弥吉提·伊敏老汉的脑子里太深刻了，太顽固了，怎么也删除不了了。说起部队的事，就像说家里的事。他说他一开始在"民族团"（全部由少数民族官兵组成的团），团里有4个营，后来合并了，他在"民族连"。他说他1971年7月1日入党。他还当上了班将（长），战士有什么事，都要向他喊：报告班将（长）。部队里训练的那一套，他说来就来，说做就做，一招一式都很熟练、很老到。

　　他当兵是30多年前的事了，村里老老少少都知道，都说他是尔乐毕（兵），他自己也是三句话不离部队。在那个四处起火的年代，人们要么添柴，要么捡柴，没有其他选择。社会生活上也只有一条路，还很窄，就像水渠里的水只能流在渠里，农民种地不能做买卖，城里的"革命群众"就是待在家里吃闲饭也不能做生意。"工农兵"受社会尊崇，不少人不当干部当工人，不做市民做农民，能穿上绿军装是人们羡慕的事，对个人来说是很荣光的人生大事。弥吉提·伊敏就是在这样的时候进入部队的。

　　从部队回来，在大队当副书记、副大队将（长）、民兵连将（长），一直干到2005年退休。问他就没有成第一（正职）吗？他笑了，说，没有上到一。我心里想，像他这样话多又没啥心思的人，很难成"一"。

　　卸掉身上所有的职务后，大队（村委会）还是经常叫他来开会，经常让他牵头或者是带头做些事。

　　他家有11亩地，今年种了9亩小麦、3亩苞谷，养了9头牛、20只羊、40只鸡。问他还有什么，他笑着说，还有一条狗、两只猫。

　　他伸出四根手指，说，那一年，全公社有40个人当兵，现在还有24个人活着，16个人都死了。对弥吉提·伊敏老汉来说，他就活在他的部队里。特殊年代的那段多数地汉（农民）没有的经历在他心上挖了一条又深又长的大渠，也在他身上罩了一道光圈。

　　单纯的弥吉提·伊敏老汉的身子在松古拉奇一块属于他的田地里，身上还有军人的影子，往那一站，白杨树一样直的军人的站姿；他的心在他的牛羊身上，心里的一角还存放着他的部队。快乐的弥吉提·伊敏老汉还可以喊叫五十年。

四轮马车

麦麦提·艾麦提有一匹老马，老马拉着一辆四轮马车。只要地里没活，快要60岁的麦麦提·艾麦提就赶着四轮马车到街上拉客。老汉赶着老马驾着的老车。

那辆四轮马车一看就是乡村工匠造的，全身都是铁，铁棍、铁板、铁条，四个轮子是手推车的。看上去很简单，能凑合就凑合，能省料就省料，只要能跑，颠不坏就行，但很结实，很实用。问他为什么是四个轮子，他说，这样车子可以大一些。车辕的中间，也就是马背的上方焊接着半圆的不是很高的铁家伙，像马背上的一个小拱门，给马车和老马增加了一点仪式感和威武感。街上跑起来，很有点外国电影上看到的四轮马车的感觉。全喀什可能就他这一辆。

那天，我们在巴扎上拦住了四轮马车。或许是太想让他的客人满意，或者他本来就是这样，麦麦提·艾麦提赶着老马一路奔跑，跑了三公里多，老马身上全是汗水，就像刚从深水里出来。我指指被汗水打湿的马毛，麦麦提·艾麦提无奈地点点头。

他没有像样的马鞭，随手拔下的细小的杨树枝条成了他的马鞭。一条小树枝就能让他的老马听话，也用不着炫耀什么。他摸摸马脸，又从上到下捋了捋，说，马认人，听话，亚瓦西（老实）。

问他老马几岁了，他说，老汉（老了）。我说，你看街上，都是摩托机（车），马不多了吧？他说，从年轻时候就开始养马，这匹"老汉"

马是他的第七匹马。问他一天能挣多少钱。他从衣袋掏出一把零钱，几张快揉碎了的五毛散钱被他扔到马车上，抽出三张十块钱，说，一般就这么多，巴扎天（赶集日）多一些。他收起钱时，不忘那几张破钱。问他老马老得走不动的时候怎么办，他说，巴扎上卖掉，有人买。

村里的马不多了，扳着一只手的指头就能数过来。问他全大队（村）有多少人养马。他竖起指头，和同村人一起计算，口中念念有词，蹦出一些人名，说，五个人五匹马。

和麦麦提·艾麦提正聊着，又过来一辆两轮马车，一位白胡子老汉赶车。老汉下车把马拴在路边的铁栏杆上，走了。麦麦提·艾麦提跟我客客气气地告别，也走了。我决定留下，等待白胡子老汉。

足足等了四十多分钟，白胡子老人才板着脸朝马车走来，一边回答我的问话一边去解拴马的绳子。我说，别急，我问你几句话。白胡子老汉不情愿地转过半边身子。他说他是十一大队（村）人，名叫麦麦提·哉尼拜，76岁。说着，就转过身去解绳。我又问，他又说，有四个孩子，他们都有电动车。一边说一边低着头就走人了。麦麦提·哉尼拜老汉赶着马车扭头看我，眼里都是问号。

我一到街上就四处看，想要看到麦麦提·艾麦提的四轮马车。随着社会的发展，老百姓的生活也发生了很大的变化，说不定哪一天这样的四轮马车就会永远淡出我们的生活，但是那"得、得、得"的马蹄声将会在我们的记忆中回荡，那生在马车上的一份感受会永远留在我们心中！

夏婉姑夏天的铁炉和红油漆筷子

　　松古拉奇下了场实实在在的雨，夜里开始，到了下午才停，不像好些年前那样总是走走过场，搞搞形式。像是约好了似的，天上的水一下来，地下的水就不上来了，自来水管子生了"旱病"，我们没法做饭了。妇女小队将（长，主任）夏婉姑在家里生起了冬天才会用的烧煤的铁炉子，我们冒雨到她家吃了顿铁炉子上煮出来的维吾尔族农家馄饨。

　　小队将（长）夏婉姑是松古拉奇村第三村民小组的妇女主任，可全村上上下下都把担任这个职务的女人叫小队将，在全公蠏（社）和邻近地方都是这样。夏婉姑一见我就像吵架一样打招呼，人很直爽、泼辣。一进她家，就见铁炉子烧得正旺，大夏天生炉子，我就问了句，说是一直想着拆炉子一直就没拆，下雨了，天凉了，就生起了炉火。我特意进里屋围着铁炉子转了半圈，热得不能靠近，外屋感觉不到热。

　　后院里出来个男人，方脸，黑乎乎，鼻下横一道胡子，浓墨画出来的一样。从没在大队（村委会）见过这男人。夏婉姑进大队就像进自己家。男人说，他叫穆孔慕·库尔班。奴儿斯曼一旁解释说，穆孔慕是稳定、稳重的意思。我说第一次听说这样的名字，他说是爸爸给的。我指了指院里停着的两辆电动摩托，他就说了句在我看来挺文学的话：电瓶死了，在那躺着呢。我说，你老婆是小队将（长），你是地汉（农民），要听老婆的话！他说，听话！听话！我说，这个老婆是你自己找的，还是爸爸给的？他说，爸爸也给，自己也找。他还说，巴卡（没用的）老婆。我理解这是一种幽默，白白捡来的没用的老婆。他说他爸爸是贩驴的，他爷爷是贩鸡蛋的，买回来，卖出去，这个巴扎买，那个巴扎卖。他说他是泥瓦匠和种棉花的，老婆是小队将（长）和织地毯的。

夏婉姑一家住在土块房子里，正在盖砖房。那间生了铁炉子的房子漏雨。家里除了炕上被褥、锅碗瓢盆外，没有什么其他用具和家具，最大的最抢眼的工具是架织毯机。

夏婉姑的馄饨有模有样，两只猫耳尖尖的挺挺的，很像内地的，只是身子大些皮厚些。馅是羊肉和皮芽子（洋葱），加点盐，再没其他调料，却很有一种味道，皮芽子和羊肉好像是天生的搭档，两种东西合成一种，你是我，我是你，少了谁都会缺半个世界。夏婉姑先是清水里放进羊肉，放了不少，煮熟了羊肉放馄饨，煮熟了馄饨放面条，加点恰玛沽（蔓菁）和西红柿，就煮出了让嘴巴和心都很享受的味道，不是那么浓，但奶香一样绵长绵长的，吃下没几口，心也张开了嘴。

一个托盘上躺着十几双红油漆筷子，多少年都没见到过了。那筷子有新有旧，新的油光发亮，旧的油漆掉了大半。应该是夏婉姑或者是穆坤木的爹妈留下的。

馄饨上来之前，给每人一小碗量碰（凉粉），吃馕就凉粉。苍蝇飞上飞下。如果少了苍蝇，松古拉奇的夏天就不来了。

我吃完了一碗，听奴儿斯曼招呼什么人，夏婉姑像领导招呼下属，说，进来！进来！夏婉姑的丈夫穆孔慕进来了，炕沿上一坐，看着我憨笑一阵。夏婉姑盛了碗馄饨放穆坤木面前的炕上。穆孔慕吃完了把空碗搁回炕上，坐着不动，足足有几分钟。夏婉姑发现了空碗，又盛了一碗，穆孔慕端起就吃。

不管你真不要还是假不要，夏婉姑非要给你第二碗，你只要客气一下，她就瞪眼、绷脸，不说一句话，一直伸着手要你的碗。不跟你来虚的，恨不得让你把她家铁锅也啃了咽下去。

　　铁锅当然还在，夏婉姑自己把自己的汤盆给征用了。她用个挺大的汤盆盛了半盆馄饨，交给奴儿斯曼，说，端到大队（村委会）去，谁在谁吃。

　　奴儿斯曼抱着个汤盆回大队（村委会）了。

　　值班民兵、长着一张腰子脸的吾斯曼盘腿坐在床上吃了那盆馄饨。汤盆放在两腿前，吾斯曼低头弯腰，一旁还坐着个协警图尔洪，拿着馕沾了汤吃。

　　天一直阴着，那场雨收了兵却还没走，就集结在满天黑云的后面盯着松古拉奇，憋足了劲。夜里，铺天盖地的来了，结结实实下了一夜又一天，不像好些年前那样总是雨过地皮湿，把到处是尘土的松古拉奇浇透了。

莫合烟

村委会门前，麦麦提抽着莫合烟（一种土烟叶）。我也想卷一根，重温当年的感觉。"再教育"的时候，在被称为青年点的驻地，大部分男生都抽莫合烟。便宜，几毛钱一小堆，几块钱一大堆。从报纸上撕下四方形的一小块，放上一点烟卷起来，用舌头打湿纸的边沿，粘住，点火就能抽了。也许算是不大不小的技术活，刚开始都卷不好，不是卷不住，就是粘不住，粘不住就漏烟。唾液要不多不少，多了湿半边，容易断，少了粘不牢，最好是黏稠的口水，双手几个指头拿住烟卷送到唇边，舌头推送适量津液，含住纸的边沿，舌尖扫过头尾，然后是左手食指轻轻沿湿线那么一划，就可以吞云吐雾做神仙了。烟瘾大的，卷的比小拇指头还粗，甚至有更粗的。烟劲的大小，全在绿色的烟叶。烟叶多的，劲头足。抽惯了莫合烟，就对香烟敬而远之，看不起抽香烟的"二刈子"（阴阳人），没男人味。一身的莫合烟味，才算是真男人。那时的烟鬼，觉得香烟就像是空气，没味道，不过瘾，还容易呛嗓子。有段时间，我也是这样。坚持下来就能接受。

"莫合烟嗓子"，谁说话嗓音粗，就这么形容。

我还是跟麦麦提要了莫合烟。接过一片皱巴巴、黑乎乎的莫合烟纸我熟练地卷烟，竟没有生疏感，吸进肺里也是那么顺畅。至少是30多年的暌隔，居然没能断开记忆和连接之线。

在这里，随时随处都能看到抽莫合烟的人。

　　莫合烟，也是新疆一个时代的记忆。前些年辞世的喀什作家朱光华抽了一辈子莫合烟，给他"中华"他都摇头。记得是二十世纪九十年代，听说是不让莫合烟上市了，大多数烟民告别了莫合烟。但莫合烟就一直没有绝迹。在市区，现在抽莫合烟的人还有，已是恍如隔世，少之又少。古城喀什距"新渠"（英吾斯塘乡）仅28公里，犹如相隔二百八。

　　很远，又很近。莫合烟，维吾尔语叫塔麻克，资料上说，新疆莫合烟是苏联人带进来的，称呼这种烟草如果是维吾尔语和俄语相近就很好理解和解释。

　　莫合烟的烟雾里一定飘着奇异的往事。

古杨传奇

　　松古拉奇村和周围那些村长相都差不多，和外乡的库如克泰莱克村以前长得也很像。喀什噶尔大部分村子都那样，村村排着都那样的杨树，杨树下都那样的房子，房子后面都那样的田地，田地边都那样的杨树，杨树下都那样的道路，道路边都那样的杨树，走到哪都是杨树，杨树比人多，也比人走得远，更比人活得长。但长寿的杨树不多，只有那么几棵，都成了名树。松古拉奇小学大门前以前有过，"文化大革命"时给砍了，锯成一块一块一节一节的运到县城里去了，现在知道这棵长寿树的不多了。几公里之外，也有过一棵，据说至少有250岁，横躺在地上的树干都比人高，看了就会撑大你的眼你的心。说是老死了，公元2014年，砍倒了。松古拉奇人都知道，下一代就不一定了。知道爷爷叫啥长啥样的人多，知道祖爷爷的人就没几个了。老杨树不是爷爷，就更不可能代代相传了。库如克泰莱克村的那个杨树寿星消失了30多年了，还被人记着，说着，写着，几乎天天被人说起，因为，路边的大牌子上就写着，那棵古杨的名号变成了村名。

　　库如克泰莱克和松古拉奇有个小小的不一样，库如克泰莱克人说杨树是铁热克，松古拉奇人说泰莱克，相距也就30来公里，但十里不同风。我现在是松古拉奇人，得随着松古拉奇的口音走。

　　库如克泰莱克现在和松古拉奇有个大大的不一样，变成城市了，人就成了城里人。喀什噶尔胖了，胖得把库如克泰莱克给占了。库如克泰莱克原来没有属于村子的大路，有的只是自然形成的乡村小路。现在有了水泥大马路，就叫库如克泰莱克路，路口有块大牌子很严肃很庄重地告诉你路名。看不到马车了，马是稀有动物了，少得可怜的马不让上马路了。已经不是村子的村子还叫村子，归夏马勒巴格镇管。两条长长的弯来弯去的巷子叫库如克泰莱克一巷、二巷。

库如克泰莱克的意思是干枯的杨树。不少喀什噶尔人不知道库如克泰莱克这个村名，却吃过路边的一道美食茄子拉面；村里的年轻人当然知道家乡的村名，却没见过那棵树。

很早以前，库如克泰莱克很平凡，也很安静，村民过着平常又平静的生活，是个没啥名气的小村。村名最早叫什么，早就没人知道了，最聪明、知道的事情最多的老村长泰瓦库利·如兹也不知道。后来，村子慢慢有了些名气。一棵杨树高高大大，粗粗壮壮，吸引了人们的目光。开始，人们只是感叹：这树长得好呀！后来：人们开始赞叹：这树长得真好呀！再后来，人们开始惊叹：天呐，这树怎么长得这么大?！再再后来，人们开始悲叹：大杨树死了！后来的后来，人们又一次惊叹：大杨树又活了！老乡们觉得那是一棵神树！

大杨树复活了，有的地方发黄有的地方发灰有的地方发黑的树皮还枯着，看上去明明是死了，上面的枝条却发出绿色，还有一条条新的枝丫伸出来。开始，尽管是要死不活的，却给村人带来了希望。大杨树使劲立着，死命挺着，要挣脱死神的纠缠，真可以说是自强不息。后来，村人发现大杨树死了一半，活了一半，树上的形势可以说是一边气息奄奄，一边生气勃勃，半呈干枯败象，半是绿叶飘飘。树的半个身子干了，枯了，一大截朽了，可另一半却没有放弃对生的渴望，坚毅地存活了下来。

祖祖辈辈，世世代代，大杨树就那么半边死半边活的又活了好长时间。长得最粗壮的时候，五个人都抱不住。有始就有终，有生就有死。大杨树的那半边也死了。死后的大杨树又站立了很多年，把小孩都站成老人了。活着，顶天立地，死了，立地顶天。

当这棵惊天大树结束了第二条命以后，留下了自己死后的谥号：库如克泰莱克（库如克：枯；泰莱克：杨）。村子有了名字，很可能是挤走了旧名的新名。

方圆百里的人们说到这个村子的时候，就会说就是那个有干枯的大杨树的地方。天长日久，村子就有了枯杨村这个名称：库如克铁热克。人们就祖祖辈辈这么叫着，这么传着。

这是一棵向老天借过一命起死回生的树，承载了一代代人记忆的树，讲述生命故事的树。

老村长泰瓦库利·如兹说，直到二十世纪七十年代，那棵枯死的古杨树还在。他像讲家里的事，像讲祖辈的事一样，给我们讲了老杨树的故事。

泰瓦库利·如兹精瘦精瘦的，一张知雅礼（知识分子）的脸，眼睛给我的感觉是数学的，脑袋是化学的，至少在村里是这样的。他是村里也是城里见过那棵树也还记得那棵树的人，这样的人不多了。把那棵树当回事，当成故事的人，就更少了，搞不好也就他一个人了。

牛皮大小的地方

　　老村长泰瓦库利·如兹还清楚地记得斯大林去世时广播上的新闻和哀乐。那时候他还小，但他知道那是苏联和中国的大事，也是全世界的大事。1963年，瘦高瘦高的泰瓦库利·如兹从达热慕艾力姆学校毕业，是村里的知雅礼（知识分子）。那是一所培养教师的学校，就是今天的喀什师范学校。后来他当上了大队将（长）。他说，他当大队将（长）的时候，夏马勒巴格乡早就叫人民公社了，库如克泰莱克村早就叫大队了。后来公社又叫乡了，大队又叫村了，他就又叫村长了，也叫村委会主任，可全村全乡还有城里的人，还是叫他大队将（长）。

　　他不光知道斯大林，还知道村里出了两个喀什噶尔名人。

　　一百多年前，库如克泰莱克这片土地的主人叫巴喀洪。这个人很能干，经过多年奋斗，积累了很多财富，成了喀什噶尔有名的大财主。巴喀洪也是几起几落，他都闯了过来。有了大把大把的钱，他就买下了大片大片的土地，库如克泰莱克只是其中的一部分。当年，人们就叫这里是巴喀洪库如克铁热克，那是他巴喀洪的土地。那时候，喀什噶尔来了不少俄罗斯人。1890年，几个俄罗斯人找到巴喀洪，说是想买下"牛皮大小的地"。

　　我问为什么说"牛皮大小"，泰瓦库利·如兹说，当年俄罗斯人就是这么说的，后来也一直是这么传的。牛皮切成条，串成线，能圈出很大很大一块地。

　　双方经过一番商议和讨价还价，俄罗斯人买下了能铺几百张牛皮的地皮，盖起了房子，墙壁特别厚，房间特别大，玻璃窗户特别大，木头地板特别结实，建筑特别讲究，看上去特别厚重，里面的摆设也特别厚重，也显得特别笨重。据说，俄罗斯人造出的大大小小的东西都笨重，但很结实，很耐用。那些房子直到今天还在，不光是"还在"，还在用，成了今天的宾馆的一部分，那真叫"牛皮不是吹的"，俄罗斯人真是人大心大东西大。那就是当年的沙俄驻喀什噶尔领事馆。史书上写着，领事馆占地1.5万平方米，22.5亩，古典式别墅建筑风格，1893年建成。

　　喀什噶尔人哪见过这样的房子？当年，一定是不知让多少人睁大了眼睛。喀什噶尔人后来又陆续盖的一些大房子，1939年修建的维文会俱乐部（后来的人民影剧院），二十世纪五十年代的五一电影院、邮电大楼、新华书店、喀什市文化馆的建筑，都有当年领事馆的模样。除了领事馆的房子，这些建筑早就不在了，俄式建筑风格成了记忆和历史。也许，没有当年的反修防修（苏联被称为修正主义），喀什人会有意无意地把那些大房子吃下去消化掉。最显眼的是落地窗，就在喀什古城南门的库木德尔瓦扎。也许是因为风沙大，维吾尔人的住房从前是没有窗户的，开天窗，叫"捅漏客"。这么音译有点意思吧？各民族交往，本来就会有意无意地你吃我一点，我吃你一点，吃下去就成了你我身上的血肉。

　　1984年，当年的领事馆成了宾馆，扩建了，几千张牛皮也摆不满。这就是色满宾馆。第二年，就被不知哪个机构或组织评为"设备平平，服务上乘"的世界十佳廉价宾馆之一。宾馆是这么自我介绍的。我玩笑地说过，色满宾馆，色情满满。这宾馆还有个小名，叫老宾馆，汉族人都这么叫，名副其实。有新的才能显出老的，城东那座年轻的宾馆就叫新宾馆。你说这两个宾馆的大名，一些喀什人就会在脑子里倒腾半天。巴喀洪买地卖地。他不会想到，卖了块地，引出这么多事。他更想不到的是，他名下的巴喀洪库如克铁热克这一大片地，在他身后改姓没换名，到了二十世纪

五十年代，一场土改更是天地大反转。他做梦也梦不到。

老村长泰瓦库利·如兹说，那棵古杨就在老宾馆的后面。

老村长泰瓦库利·如兹给我讲了个不是故事的故事，有一个人大家都叫他萨穆萨克阿吉。他在村里很有威望，在喀什噶尔也很有威信。我根据老村长说的总结了一下，萨穆萨克阿吉德高望重，用今天的话说，不是吹牛皮吹出来的，是干出来的。泰瓦库利·如兹说，给村里做什么事，萨穆萨克阿吉嘴上不说，他用腿和手说话。修路，修渠，挖大渠，挖涝巴（蓄水的大坑），他都是自己先干起来，经常是带着两个弟弟、两个儿子一身土满身泥地干起来，村民就跟着干起来。

老村长说，萨穆萨克阿吉的后人大多是地汉（农民），后来不少人都不下地了，有做图玛克（毛皮帽子）的，有做冰糖的，有做白砂糖的，改革开放头几年，有很多都去干工程了，牛皮大小的地方出了二三十个工程队。有个年轻人那年开了个很有名气的茄子拉面馆，一大群人跟着学。

萨穆萨克阿吉还在，在一群白胡子老汉中间。巴喀洪也在里面粗声大气地说话。老汉们还是喜欢安静，都安静地看着安静。

巴喀吉

巴喀吉·麦麦提是个不像残疾人的残疾人，有什么大事小事村干部就大喊一声巴喀吉。他有个没有肚脐眼的儿子，还养着两个不是亲生的孩子。

面相很威严，国字脸，大半张脸被稠密、粗硬的胡须占领，那是他的黑草原。鼻子以上额头以下的小半张脸毛发少一些，那是他的黑戈壁。一头浓发像细铁丝编织出来的，黑得像刚刚染过，那是他的黑森林。要是留起长发和大胡子，配上他壮实的身材，他就是一头公狮子。

刚到村里时，我把他当村干部，哪能想象出他是在白得像雪一样的盐碱地上长出来的。很小的时候，父亲去世，奶奶把他养大。十几岁的时候，到阿图什打工，一场车祸，左腿重伤。司机一百块钱打发了他。回到家自己疗伤，刨开葵花秆，白白的像棉丝的葵花秆瓤子那一面贴到皮肤上，固定受伤的腿，葵花秆成了他的夹板。后来，可以走路了，再后来，瘸着一条腿结婚生子。孩子1岁时离婚，孩子跟他。孩子四五岁时，掉进正滚沸着面汤的锅里，腹部和肘部被烫伤。抱着孩子求医，花掉了四万多块钱也没彻底治好，没钱了，只好听天由命。孩子没有了肚脐眼。至今，肚子上的伤痕还是很扎眼，上下隆起，中间低洼。那段时间，他和儿子每天就靠喝乌麻稀（苞谷面糊糊）度日。家里到了一无所有的地步。孩子10岁时才送孩子去上学，后来交不起学费退学了，孩子就跑了，巴扎上吃别人的剩饭。有家饭店收了孩子当学徒。现在孩子20岁了，在喀什市东门巴扎当大师傅（厨师）。

说起儿子的现在，他高兴起来，眼睛都笑了。什么时候让你见见我的儿子，个子很高，长得也漂亮，什么饭都会做。他说了两次，个子很高。

他说，他碰上了一个好女人，女人经常为他掉眼泪。中午，他也为那个女人流下了热泪。一旁充当翻译的努尔斯曼连忙劝慰，我举拳重重打他肩膀一下。40多岁的汉子，当着众人的面，泪洒村委会。

那个女人比他大5岁，用现在时髦的话说是姐弟恋。两人好得不得了，就结婚了。不知是女人嫁，还是男人倒插门，反正结婚后两人住在女方娘家。女人带着两个孩子，他当成是亲生的，他就有了三个孩子。那两个孩子做错了什么事，他就严厉斥责，该让孩子劳动时，就大声安排。两人过着过着就闹离婚，闹着闹着就又好到了一起。也不在乎什么酱子（章子，转意为结婚证）不酱子了，加上行政区域的重新划分，领证程序复杂了，就这么在一起过吧。他说，女人现在身体不好，高血压，那两个孩子又不争气。说着，一条汉子就哭了。

他说，他为伽师县两个盲童捐款100元，为阿瓦提乡一农民捐助了一点小麦种子、化肥和大棚薄膜。

巴喀吉·麦麦提，46岁，松古拉奇村农民，民兵，每周定时定点在村委会值班，每月工资800元，他和儿子每月低保820元。9亩地，今年套种棉花和甜瓜。和他的妻子努黎妮萨·乌拉因踏踏实实地过着实实在在的日子。

老乡长

　　他抱起老汉，费力地走进里屋。一手搂抱住腰，一手圈住两条大腿，费了些力气站立起来，两脚很重地走动。老汉很顺从地让他抱起，两眼茫然地看着他，就像个小孩子，从表情看，老汉一时不知为什么要把自己抱起来。白白的胡子尖尖的，一张老脸皱皱巴巴的，懵懵懂懂的。两条长腿弯着，上半身斜着，怎么看怎么像抱起个大物件，虽然温馨，永远都比不上大人抱着孩子那么自然、协和。他抱起的是他的老爹。小时候老爹抱他，老爹老了他抱老爹。老爹抱他就像树上挂果一样，他抱老爹好像果子比树大。老爹天天抱他，他十天半月抱老爹一次。孩子是抱大的，老人不是抱老的。孩子才应该是被抱着的，老人不是。这也是没办法的事，就套用一些作家爱说的话吧，生活的无奈。

　　他抱起的也是新中国成立后大松古拉奇的第一任乡长。

　　"文化大革命"时常看的一部苏联电影叫《列宁在1918》，萨吾提·麦麦提老汉就是那一年出生的。很想听老汉讲那时候的故事，可再怎么问，老汉就是说不出什么，就记得他10岁的时候，他家是做大布的，也叫土布。十多年前还能看到，单位的办公室主任过段时间就买些大布当抹布用，白色的，线很粗，摸着有粗糙感，一些农民在家里织这种布。萨吾提·麦麦提10岁学织布，一直织到30岁。使劲地问，又问出了一些老汉记忆中的事。解放军来了以后，他开始参与社会活动，土改的时候，他是积极分子，几次被评为先进。1952年，通过选举他当了乡长。萨吾提·麦麦提老汉说，他当乡长的时候，公社就三个干部，书记、乡长、秘书，书记叫拓忽提·阿希姆，秘书叫阿卜杜热伊姆·乌拉因，这两个人都已经去世了。公社化以后，他就成了社长，"文化大革命"时是主任，当了35年的乡、公社、公社革委会领导。1954年入党，1986年退休，参加工作51年，每月退休工资三千三百块钱。

实在问不出什么了，就让老汉家人把老照片拿出来，希望能叫醒老人的一些记忆。照片没几张，一摞老证件、获奖和荣誉证书什么的。我对1966年的党费证、1983年的"疏附县供销社社员证"、不知道是哪年的"自行车照"看了又看，翻了又翻。说不定我也能找出"自行车照"，二十世纪八十年代，我也到公安局办过。1985年，从乌鲁木齐买回一辆当时新出的梅花牌自行车，到公安局办证时觉得没面子，永久、凤凰牌是抢手货，凭票供应，经常是要"走后门"才能买上。没有"自行车照"，按那时的规定是要暂扣或者没收，黑压压一大片自行车堆在那里，不少自行车是几年都没人来认领，在里面有"铁哥们"的就能推走一辆。不拿出那些证件还好，一拿出来大家都要看，萨吾提·麦麦提更是像小孩玩玩具一样，一句话都不说了，专心致志地低头翻看，看完一个就认认真真、仔仔细细、整整齐齐地摆放到一个皮鞋包装盒里，把年轻的自己保存起来了。

萨吾提·麦麦提老汉坐不住，也不习惯不能走路的生活。他前几天还能走路，摔了一跤，有时就不得不让儿子抱起来移动了。被儿子抱上炕头的萨吾提·麦麦提老汉两手撑着一点一点挪动屁股，挪到炕沿边上的小凳子上，挡住了门的大半边，别人出来进去很不方便，我出去时小心地绕开他的腿脚。维吾尔人的土炕大都不高，比一般的小板凳高不了多少。他那早已成了老太太的女儿像训斥小猫小狗小孩子一样厉声说道，你坐得可真够厉害的！老太太训老子的原话是，你坐得很野氓。维吾尔语"野氓"是厉害、能干、真行、聪明、调皮、野蛮的意思，常和"鬼"（家伙）连起来用，野氓鬼，厉害的家伙，能干的家伙。大松古拉奇就有个"野氓村"。

曾经很"野氓"的萨吾提·麦麦提老汉听了老太太女儿"野氓"的训斥，一声不吭，自己慢慢挪回去了，又到了炕头上。时间不长，萨吾提·麦麦提老汉又坐不住了，大概是以为那个老太太一时半会不会再进来了，就再次开始了"野氓行动"。看样子老汉不是一次两次"野氓"了，很快，老汉就稳稳坐在了小板凳上。怕谁谁来，老太太女儿又来了，又是一声训斥小猫小狗小孩子一样的训斥，你坐得很野氓！口气比刚才"野氓"，多了些不耐烦，声音也高了许多。曾经很"野氓"的萨吾提·麦麦提老汉听了老太太女儿"野氓"的训斥，一声不吭，自己慢慢挪回去了，又到了炕头上。老太太的严厉是家里人说话的那种严厉。老汉年轻时训斥女儿，女儿老了训斥更老的老爹。老爹训斥儿女就像果树被风吹，儿女训斥老爹就好像果子吹风。尽管那是亲情的一种表现，听到儿女训老人的声音，心里还是多少有点别扭。孩子是骂大的，老人不是骂老的。没办法的事，谁叫他们是亲人。

闲不住的萨吾提·麦麦提老汉很想"野氓"，但"野氓"不起来了。老了，萨吾提·麦麦提老汉真老了，老成小孩子了，话都说不利索了。

老汉一身都是土，鞋上、裤腿上、屁股上、后背上最多，拍一下就能起雾。松古拉奇土大，土里少不了人骨化成的灰土。也许，老汉身上就有他先人的灰土。

老书记

　　我出生的那一年，伊司马伊利·玛慕提小学毕业。他生在松古拉奇，也是松古拉奇小学的毕业生。也是在我出生、他毕业的那一年，他又成了松古拉奇的初中生。那一年，反右的大风刮起来了。

　　伊司马伊利·玛慕提做了一辈子领导。初中一毕业就当领导，做小孩子们的领导。先是在邻村当了一年整的小学老师，就回到了他的出生地松古拉奇当老师做"孩子王"。四年后，他开始正式做领导，既是小学生的领导，也是小学生教师的官，用他填写履历的话说是教师兼校长，学校的级别也不一样了，乡中心小学。没有副职的过渡，一上去直接就是正的。那年，伊司马伊利·玛慕提21岁。然后，乡教育办主任，乡革命委员会副主任（副乡长），乡党委书记，乡人大主席。后来，伊司马伊利·玛慕提还当了几年的英吾斯塘乡党委副书记，伊司马伊利·玛慕提同志在一份履历用了括号和三个字郑重地说明：正科级。

　　当年，父亲"正科级"的时候，常和人议论"工农干部"和"知识分子干部"的事，说是"工农干部"简单、直接，好打交道；"知识分子干部"思想复杂，喜欢绕弯子，不好打交道。

　　伊司马伊利·玛慕提老师看重自己的学历，也看重自己的级别。也是在一份履历上，伊司马伊利·玛慕提老师在初中学历的后面有说明，文化水平：大专。还有一大段文字写他在新疆八一农学院学习过两年，在中央民族大学学习了三个月。所以，大专文化水平。

伊司马伊利·玛慕提书记骑自行车上班。有很长一段路都是沙土，自行车就成了累赘，变成自行车骑人了。前面好一些的路也长，不得不推着或扛着个暂时的累赘，暂时的"时"也是时间，也不短。从英吾斯塘乡分出五个村，就有了阿喀什乡。伊司马伊利·玛慕提书记从头到尾主持了建新乡的工作。乡党委和乡政府连办公室都没有一间，在村里的一间破房子里办公。书记组织挖大渠，不然，地汉（农民）没法种地。历史上，大松古拉奇地区就挖大渠，挖了又挖，就有了新大渠的名字。伊司马伊利·玛慕提书记的大渠现在还在用。在浩罕乡当书记的时候，他搞成了一村一个专业，一村一个品牌的事，十年过去了，浩罕乡还在这条路上走着。

伊司马伊利·玛慕提书记当了大半辈子的领导，老婆一直是个地地道道的地汉（农民）。现在家里有十一亩地。退休前，老婆自然是地里的干活。六个孩子里有三个是自谋职业。那时候的干部，可以说是谨言慎行。他高声说，一辈子没有做过对不起党对不起人民的事。客观地讲，运动，学习，斗私批修，触及灵魂，狠斗私字一闪念，是一种强有力的约束，精神高压，大有讲政治、讲原则、讲道德、讲理想的干部。至于在学术上讨论那是什么样的政治和道德，就是另外一回事了。

退休干部伊司马伊利·玛慕提瘦高瘦高的，和松古拉奇的很多老人一样，身体好，很精神。十一亩地全都种的是小麦，经常在地里干活。问他姓名，他说，司马懿。一看身份证，他说得不全，算是简称吧。觉得他看人时眼光有点异样，我仔细一看，他的眼珠是棕色。约他在大队（村委会）见面后，为了给我取材料，来来回回跑了三趟。言行举止和农民差别不大。

松古拉奇生，松古拉奇长，松古拉奇出农民。读了小学读初中，读了初中读农大，学校里读了十多年。这样的知雅礼（维吾尔语音译，知识分子）在松古拉奇是少数。对松古拉奇来说，农民里的知识分子，知识分子里的农民，都是受人尊敬的"知雅礼"。

"大队将"

　　卢扎洪胖乎乎的圆脸上两只平时爱笑的眼睛突然就没了笑意，目光变得专注，眼神变得劈恰克（刀）一样锋利，含有几分冷光。他那圆圆的脑袋计算机一样运转起来，"计算"着我这个人。别看他大大咧咧，声大气粗，挺着个圆滚滚的大肚子说说笑笑，其实很有心思，心也够细的。

　　上次是我跟他提了些工作上的事，他很意外，眼神就变了。因为我爱玩笑，从没跟他谈过工作。一见他就大喊一声大队将（长），然后是立正，军礼，他就高声回应一声。对他有种亲近感。这次，我用平时的声调喊一声大队将，上前用手抓住他的胳膊，他的眼睛突然就严肃起来。当时没意识到什么，就觉得很亲近的人怎么突然就很远很陌生了。快到城里的下班时间时，我又抓住他的胳膊，让他派人用电动三轮车送我们回去。这次，他的反应是快速抖动胳膊，甩脱我的手。他什么都不说，跨上电动三轮车，发动起来就倒车。我问身旁的哈丽丹，他要送我们？哈丽丹摇头。我说，问问呀！哈丽丹还是摇头。只见卢扎洪猛张飞似的驾驶电动三轮车，撞翻了一辆摩托车。哈丽丹一声惊叫。大队将没事一样，继续倒车。车主麦麦提也像没事人一样。一辆车翻了，一辆车倒出来了。麦麦提扶起自己的车，捡起被撞掉的后车灯，看看，随手就扔了。哈丽丹哎哟一声。麦麦提对哈丽丹说，坏了，还要它干啥?！大队将对着我把头用力偏一下。我和哈丽丹这才明白，大队将不是要驾车去办事，也没有吆五喝六地派人，而是要亲自送我们。

车上，他扭过头来，看看我，又看看，我觉得他是想缓和我俩之间的气氛。因为车快风大，我对他说话时声音小了些，尖了些，有点娘娘腔。他模仿我，就像模仿阿丫勒（女人）。回到住处，我才反应过来，他的眼睛情绪的强烈变化，是因为我阿丫勒（女人）一样抓他胳膊的动作，让他很不适应，很不习惯，甚至厌烦。我经常和他是嘻嘻哈哈、没心没肺的，突然有了让他意外的举动，就引起他的警觉和探究。我要是抓了巴喀吉、亚利他们的胳膊，哈哈或是嘿嘿一笑就完了，只能是增加点亲密感，不会多想的。

下车后，我问哈丽丹，你怎么不敢问他句话？哈丽丹说，他太冲了，我不敢跟他多说话！

卢扎洪的黑脸圆乎乎的，脸颊上的两块肉圆滚滚的，大肚子圆溜溜的，身上凡是突出的地方几乎都是圆的。说话声音超大，像是喊，也像是吵架，嗓音有点嘶哑，也有点瓮声瓮气的。有时他"吵"起"架"来，几个女的尤其是哈丽丹，会喔唷一声，显得很不适应，就像大队将不适应我抓他胳膊的动作。在我看来，他就是松古拉奇的猛张飞。张飞自有张飞的"粗中细"，"方中圆"。爱笑的眼睛琢磨起事来，能射出穿透人身或是努力钻进人心的光。能到一定位置的，没有笨蛋。

异形父子

　　阿卜杜栗伊姆·麦麦提黎当过十多年的居娃子（榨油的），居娃子阿卜杜栗伊姆·麦麦提黎榨了十多年的油，牛转圈圈，他也转圈圈，榨来榨去，转来转去，他还是那么瘦，个子还是那么小，和他敦实的儿子麦麦特拉基·阿卜杜栗伊姆一比，不看脸的话，他成了儿子了。那时候，当居娃子是份好差事，好工作，不用下死力气在公社的地里干活了。直到今天，他一家还把他当过居娃子的经历当成是他们全家的光荣历史。儿子麦麦特拉基对我说，他爸爸是国民党的居娃子，我一听，就像电器插上了充电器。到了他家，我有点泄气，哪里是什么国民党的居娃子，是人民公社下面的大队的居娃子。麦麦特拉基是不清楚，还是把话往大了说，没必要深究，反正是天下做儿子的没几个能把老爹的事说清楚，能准确说出老爹年龄的不会多。居娃子阿卜杜栗伊姆·麦麦提黎的老伴开口就"戳穿"了儿子，1957年到1973年，给大队当了十五年居娃子。

　　瘦瘦小小的阿卜杜栗伊姆是瘦子榨油，越榨越瘦。那十多年，他没捞一点油水，胡达在天地间任何一个角落都有眼睛，看着呢。榨出的油，装进用葫芦做成的油桶，绳子连上，一肩两个葫芦油桶，交给小队将（长），小队将再交给大队将，大队将再交给公蟹蟹将（公社社长），蟹将和大队将不一定亲自肩油桶。社员要吃油，还得通过公社。油渣不用交给公社，但小队不能留，交给大队，喂牲口，当肥料。有时遭灾，人也吃油渣。

　　榨油房里的牛很听阿卜杜栗伊姆的话，叫它走，不敢停，叫它停，不敢走。整个榨油房都听他的。出了榨油房，他就得听小队将的，大队将就是他经常能见到的大官了。出了榨油房，他就是很听话的居娃子了，就像榨油房里的那头牛。回到家就又不一样了，牛最听他的话，老婆也最听他的话。我听过维吾尔老人用维吾尔语熟练地背诵一段语录："读毛主席的书，听毛主席的话，做毛主席的好战士。"在家里，阿卜杜栗伊姆的老婆就是这么做的。老婆阿弥娜·渃迈提本来可以成为那时候松古拉奇少有，就是在南疆也少有的知雅礼（知识分子），还是个女的。在松古拉奇小学，阿弥娜就是个好学生，到了公社中学，还是，到了疏附县高中，一路上坡，坡顶是松古拉奇小学教师，还没到坡顶，公社社员阿卜杜栗伊姆·麦麦提黎不干了，生了孩子谁带，家里的事谁做，再说了，一个女地汉（农民），扔下家不管，给别人去带孩子，哪有这样的事，回来！阿弥娜说，等生了孩子就回家不干了。不行！阿弥娜不敢再多说一句，就退学了，就一连生了六男二女八个孩子，成为"听阿卜杜栗伊姆的话，做阿卜杜栗伊姆的好战士"的好老婆、好妈妈、好主妇。阿弥娜不停地挥动两手不停地对我说，我在学校的时候学习好，也爱学习，本来可以当教师的。她又朝阿卜杜栗伊姆挥动一下手说，他不愿意。她说得无怨无悔，就像在说别人的事。

他们的儿子麦麦特拉基·阿卜杜栗伊姆身材壮实，又宽又厚，大脑袋大脸大肚子，光看那块头，他可以当他爹的爹。他随他妈，他妈个子比老爹高，身体也比老爹壮实些。麦麦特拉基是"大队"民兵，也是个骨干。他比他爹多娶了个老婆。不知道是不是因为他爹当过居娃子，第一个老婆是村支书的女儿，婚前婚后高兴了一阵子，两人没过多久，支书女儿的做派就出来了，他成了萨伊马洪（怕老婆的）。老爹指使了老妈一辈子，什么时候怕过老婆，居娃子阿卜杜栗伊姆的儿子不能当萨伊马洪，不行，离婚。那天，我在麦麦特拉基家见到了他的第二个老婆，让我意外，让我小小地吃了一惊，是个"红发魔女"。在一个地汉（农民）简陋的家里，在农田和杨树包围着的土块房子里出来个头上赶时髦的"女汉子",光脚穿着拖鞋,脚丫是黑的,沾满了土,可脚指甲都是红的,当然是染红的,手是黑的,手指甲也是红的,当然也是染红的,手掌上几块十天半月褪不了色的红印,像是长上去的。身上的衣服和红发红指甲就不搭吧,我看是不搭,寻常农家主妇的连衣裙,裙里穿裤子,也沾满了土。想不沾土都不行,他们就生活在土里,土块房子,围墙直接是泥巴一层层堆起来的,简单到土块都不打,房子三面是田地,房门前是土场子,土路,空气中都飘着土。麦麦特拉基·阿卜杜栗伊姆的老婆弥娜娃儿·麦麦提爱说话,差不多是不停地说话,像叽叽喳喳的母麻雀。麦麦特拉基几次让老婆弥娜娃儿闭嘴,弥娜娃儿就嘿嘿笑几声。她在丈夫面前娇滴滴的,我们坐在电动三轮车上说着话,车下站着的弥娜娃儿把头靠在丈夫的腿上,脸上笑盈盈的。麦麦特拉基39岁,弥娜娃儿比丈夫小8岁。也算是老夫老妻了,可还是黏糊糊的。问他老婆怎么染发,他说,好看。搂住老婆双肩,做了个亲吻动作。老婆咯咯地笑,举起小拳头打了几下。麦麦特拉基说,这个老婆是他自己找来的。看得出来,麦麦特拉基·阿卜杜栗伊姆还是个萨伊马洪(怕老婆的),他就是个萨伊马洪的命。当然,和第一个老婆在一起时,他是怕老婆的萨伊马洪,现在他是喜欢老婆的萨伊马洪。弥娜娃儿既是麦麦特拉基的老婆,也是麦麦特拉基的女儿。麦麦特拉基·阿卜杜栗伊姆在家里被两个女人压着,6岁的女儿简直就是他的女皇,动不动就嗯嗯嗯嗯地连声撒娇,哄不好就止不住地哭,麦麦特拉基就像女皇陛下忠诚的奴仆,不紧不慢任劳任怨地劝慰,或者是给个一块两块的。他的"大女儿"弥娜娃儿好哄一些,小小的一个亲昵动作,就能高兴半天。他说他们夫妻俩不吵架,我心里想,看这阵势能吵起来吗?也许他天生就是让他喜欢和疼爱的女人"欺压"的。结婚也好些年了,可夫妻俩就一个女儿。问他怎么回事?他说不知道。问他晚上"劳动"没有吗?他急忙说,有!弥娜娃儿背过身去咯咯咯咯,不一会儿半边身子又靠在了丈夫身上。又问他,有，为什么怀不上孩子？弥娜娃儿摊出一只手，说，胡达不给。麦麦特拉基说，就是，没有办法。问他怎么办，两人几乎同时说道，卖了（算了，就这样）。麦麦特拉基·阿卜杜栗伊姆很忙，也很幸福，地里的活，"大队"的事，够他忙的了，一大一小两个女人，够他爱够他疼的了。他用汉语说，劳动太多太多！太多得很！他家有23亩地，种了20亩棉花，还包了4亩杨树苗地。好在大小两个女人在他心里撑着天，也在他心里给他喂糖吃。

阿卜杜栗伊姆·麦麦提黎和麦麦特拉基·阿卜杜栗伊姆父子俩还有个不一样，老爹8个娃娃，28个孙子，全家老老少少大集合，老人家像"检阅部队"一样。儿子就两个娃娃，一个跟着前妻，身边就一个娃娃，以后恐怕是也不会再有了，很可能老了只能当老丈人。

野　吻

　　他和她，鸠哥和鸠妹。哥梳妆打扮，妹打扮梳妆。哥转过头来看着妹，送上自己的嘴；妹转过头来，迎接哥的嘴。两张嘴挨在一起，你咬咬我，我碰碰你，你的嘴用力，我的嘴用劲。鸠妹献上了自己的嘴，鸠哥热烈地迎接，两张嘴又紧挨在一起颤动。接下来自然而然的是，哥上了妹的身，妹俯下腰身放低了头……

　　鸠哥鸠妹是鸟族。和人族一样，鸟族也有很多民族，多得多数人不知道有多少鸟民族。鸠哥鸠妹是鸠族里的斑鸠族，斑鸠族里的灰斑鸠族。鸠哥鸠妹他们还有个俗名叫野鸽子，喀什噶尔的巷子里乡野上的人这么叫。一查资料，还真不是乱叫的，还真是有根据的，灰斑鸠是家养环鸽的野生祖先，灰斑鸠和环鸽可以结婚生子。土大的地方有"活文化"，静的时候一身土，动起来尘土飞扬，就像野地里的野兔子。野鸽子身材苗条，匀称，健美，不像家鸽那么肥胖。鸽族让人惯得没了野性，有的成"地鸽"了，失去了天。野性的才是有天有地有日月的。

　　松古拉奇的鸠族和松古拉奇的维吾尔族生活在一起。维吾尔族给鸠族起的名字叫帕鹤苔。我想，把那三字选好了就有味道。我还想，鸠族天天和维吾尔族在一起，人和鸟一定是相互有丝丝缕缕的影响。一代又一代帕鹤苔听了千百年，肯定是听着那名字耳熟。在松古拉奇，帕鹤苔是鸟中一个大民族，多得随时随地能看到，能听到帕鹤苔的民歌。很忧伤的那种，

咕咕 —— 咕！咕咕 —— 咕！声音低沉，浑厚，忧郁，很特别，很有劲，能传到很远的地方。听着像是为什么事伤心，更像是一首所有活物的悲歌。鸠族在北美叫悲鸠。鸠族还有个雅号叫唤雨鸠，说是能把雨叫来。悲歌一曲，苍天落泪。悲鸠悲歌的时候，能听到，看不到。看到了，就看到了平和、温和、机灵、机敏。

帕鹤苔还很多情，他和她都很火热。当地人说，吃了帕鹤苔的肉，晚上就睡不着了。别误会，他们实行一夫一妻制度。更别误会，松古拉奇人爱帕鹤苔。松古拉奇的鸟不怎么怕人，连一向对人敬而远之的麻雀都敢在人前落下，帕鹤苔更是敢和人近距离相处，有时"胆大包天"就进了人家。

松古拉奇的春四月。杨树披挂新绿，树叶刚刚成形，枝条上就落满了"绿蝴蝶"。赤身裸体了一冬的树先是生出"毛毛虫"，越来越毛，越来越虫，虫得会动会爬，有那么几次那么一两秒我真有了毛毛虫爬上我身钻进我心的感觉。"毛毛虫"很快就变成了"绿蝴蝶"，风一吹，扇着翅膀飞，上下翻飞，左右飘摇，真可以说是翩翩起舞，越看越像舞蝶。松古拉奇的半空中全是情蝶情歌情舞。松古拉奇的天地动情了。

鸠哥鸠妹很忙，忙着净衣，净身，急不可耐地。尖细的嘴探进身上的毛衣抖动，再抖动，肚子上，翅膀下，还有不容易探到的脊背，不留一点死角，给我的感觉是脑袋可以转动大半圈。事后我想，那也许就是性爱前的仪式。也是事后也才反应过来，鸠哥鸠妹心里装满了情欲，就要溢出来了。

在松古拉奇，出门就能碰到很多鸟民族，这在喀什噶尔古城是享受不到的福利。看着鸠哥鸠妹就想到喀哥（乌鸦）。在黑亮黑大的喀哥面前，身体差不多小一半的鸠哥只能算是小弟了。鸠哥鸠妹在院子里菜地边上的葡萄架上。菜地已经种上了菜，以前常来翻地的喀哥不知怎么不下地了。

我本想看看就走，可感觉到葡萄架上会有点什么事，就坚定不移了。身体大点的鸠哥分心了，盯着身体小点的鸠妹，头还一点一点的。鸠妹还是专心地打扮。鸠哥上前几步，向鸠妹伸出了嘴。嘴，用来说话和吃饭，也用来爱。鸠妹立即响应，毫不迟疑。两颗填满了力比多的头颅挨近了，两张被情爱驱动的嘴紧紧地爱在了一起，抖动，碰撞，挤压，摩擦，还有像是吞咽的动作，热烈又温馨，激烈又和谐，猛烈又文雅，那么默契，那么纯真，那么情爱满满情义漫漫。看得入迷，看得入定，全世界就剩下了鸠哥鸠妹。我想看得清楚再清楚些，可又不敢也不忍靠近。没有看清两张嘴细微的动作，感觉像是有舌吻，我眼前出现了两条舌头纠缠在一起的画面。这是感觉，没有看见。最清楚的是两嘴左右上下地碰触。一阵"吻战"，两个分开了，又是各自整理毛衣。很快，另一幕出现了，只见鸠妹大步上前，妹妹主动了，火辣辣的向哥哥奉上了爱情之嘴。又一番轰轰烈烈地亲吻。鸠哥瞄准了鸠妹的腰身，挺胸，垂下翅膀，不住地点头，绕着鸠妹走动，摆出了攀登前的姿势，一看就知道，鸠哥就要攀登爱的顶峰了。鸠哥抬脚上了鸠妹，鸠妹放低身子，头也放得很低，全身心接受。鸠哥总是站立不稳，一直扇动双翅，鸠妹积极主动地帮助和迎合哥哥，一会儿竖起左翅，一会儿竖起右翅，还随着翅膀得起落不时地歪过头去看哥哥。全程没有半分钟，也有十几秒，不像鸡族的鸡哥那样刚一接触就泄洪。

老天主办，大地协办，一场隆重的性爱仪式，一场浩大的阴阳交合活动，鸠哥鸠妹顺天应地，和谐互动，成功登顶。

热烈的做爱盛事结束。

鸠哥鸠妹一起站了会儿。鸠妹先飞了。我有些失望，也多少有点为鸠哥难受，就这么飞走了，也不一起多待会儿。不至于完事就冷落鸠哥吧？好一阵子，鸠哥跟了上去。我也跟了过去。双双落到一排杨树下，不停地点击地面。就餐。

头顶上"哇"的一声，一匹又黑又大的喀哥（乌鸦）唰唰地飞过，显得鲁莽、粗野。

飞来飞去，飞上飞下。你追我，我追你。你逗弄我，我戏弄你。

天上的鸟儿成双对，绿树青草带笑颜；夫妻双双把舞欢，比翼双飞在心间。

想起蝶舞，想起蝶恋，也想起那句成语，鹊笑鸠舞，说的是喜鹊欢叫，斑鸠飞舞，那可是从前喜庆时的祝词。一对爱情鸟的情爱舞。

要不是亲眼所见，我怎么也不会相信，鸠族中的鸠男鸠女也会接吻。鸠醉了。我醉了。这是我从没看过的爱情大片。正看着，过来个人，我心一紧。副乡长黄凯，问我，干什么呢？我悄声说，看斑鸠呢。我把两手食指对接起来又说，斑鸠会接吻！黄凯停了停脚步，举头望望上边激情过后的帕哥帕妹，说，那他们就是爱人。还说，能静下心来欣赏他们，说明你心态很平和。说着黄凯就走了。我奇怪，怎么走了呢？我少见多怪？我的心态一点都不平和，正激动着。黄凯去了，鸠哥鸠妹还在，还醉在情爱中。我心放下。

我眼被击，我心被震，我人被电。

我思来想去。我心里有两个人说来说去。

松古拉奇鸠吻。松古拉奇野吻。拉风的吻，"拉奇"的吻。爱和情，性和欲，通过野性鸠吻爆发。多像那首陕北民歌唱的，我要拉你的手，我要亲你的口，拉手手，亲口口，咱们两个一搭搭里。松古拉奇鸠吻天道，松古拉奇野吻地道。

松古拉奇野恋。松古拉奇野情。野得纯正，野得烈火照天烧。火烧出来的是最干净的。自然又纯粹。没有比野爱更自然更纯洁的了。

爱照镜子的鸟

松古拉奇还有个一种鸟叫松古特。经常能看到他们，可我不知他们叫什么，老杨说，叫小喜鹊，也有人说叫水喜鹊。网上查来查去的，也查不出个名堂，和一种叫鹊鸲的鸟有点像。网上相识、曾是克孜勒苏自治州大学生志愿者的小秋成北漂后，"骚扰"北京相关人士，替我打听到这种鸟的学名叫白鹡鸰。"松古特"是他们的维吾尔族名字，挺好的，就这么叫吧。在松古拉奇，发现不知其名的松古特爱学习，爱钻研，爱探索。

松古特鸟挺秀气，有灵气，还有种贵气。穿着黑白相间的衣服，每次落下后都要上下上舞动几下长长的尾羽，像在水里飘动，又有点像舞台上演员模仿鸟飞的舞蹈，就那么几下却显得协调、文雅、优美，看着很舒服我觉得那是人要经过训练才能达到的境界。只有麻雀大小，不像麻雀那样爱扎堆叽叽喳喳，不像麻雀那样满世界乱跑，也不像麻雀那么灰不拉几土头土脑的。有时唱那么几句，挺好听的。悄悄地来，悄悄地去。

松古特的"尾羽舞"让我想到，舞蹈的高境界应该是自然、朴素，不是舞蹈的舞蹈，那样才是眼睛的享受。跑得有点远了，还是看我们的松古特吧。

不知道松古特在水里看到自己的倒影会是怎样的，我看到了他面对镜子的反应。见过猴子"照"镜子，猴子看着镜子里的猴子，惊奇、恐惧，龇牙咧嘴，大发脾气。松古特不是这样。

大院里的一角，每天白天都有几辆电动摩托车静悄悄站着，头上两个后视镜像眼睛，又像耳朵。就是那镜子引来了松古特。那天，一位松古特先生或女士不停地在镜子前面飞，看着镜子里的自己。有时站在镜子边沿上俯下身子不停地照，看，照不够看不够就啄镜面，能听到砰砰声。跳上镜面，身体下滑，只好扇着翅膀继续啄，就这么反反复复。啄累了，就飞身车座上，只一小会儿，就又开始了。起初我不知道先生或女士在做什么，以为不过是一两天的新鲜。后来我明白了，那不是鸟族通常的啄，也不是鼠族的磨牙，更不是人的游戏，那是一种琢磨。开始的情形我没能看到，但能肯定的是，松古特发现了镜子里面的松古特，就开始了每天的"松古特探索"。白天随便什么时候出门，几乎都能看到。几十天如一日，松古特从不放弃，锲而不舍。除了吃饭和睡觉，先生或女士都在学习、钻研和研究，大院的一角成了"松古特研究所"。他来得最早，走得最晚。机关里的人还没上班，松古特就提前到了，干部要吃饭，食堂前就有了不吃饭的摩托车，干部吃完了晚饭，摩托车还是不吃不喝地立着，松古特就继续他废寝忘食的研究。那天，我看得真真切切，最后一辆摩托喊叫着背上主人走了后，松古特还站在墙头上好一会儿才恋恋不舍地飞走了。

有资料说，科学家搞过"镜子测试"，看动物能不能认出镜子里的自己，据说结果是只有那么几种哺乳动物能认出，喜鹊是唯一过关的非哺乳动物。对这种测试也有争议。像是喜鹊袖珍版的松古特，会不会是得了满分呢？会不会是松古特在春天里与镜子里的松古特恋爱呢？会不会是……可以肯定的是，那不是松古特游戏。

松古拉奇的那位松古特，会被家里的事拖累吧？他会老去，会落在地上一动不动，然后慢慢化在土里。

鸿　眼

　　他有两个女人，老天允许的，土地爷也就同意他在一块不大不小的土地上带着两个女人来去。两个女人同龄，一个外向就显得小，一个内向就显得大。他总是亲近那个小女人，小女人也总是影子似地跟着。大女人总是跟他俩保持距离，不远不近地。他和小女人都爱干净，总是打扮得白白亮亮的。大女人总是邋里邋遢的，一身白衣没了本色，灰不喇唧的。我后来成了他们的保姆，眼看他们亲亲疏疏，眼看他们远远近近，眼看他们亲疏远近颠来倒去。他们三人的关系，总是出乎我的意料。邋遢又总是被冷落的大女人，却总是能得到男人的精液喂养。我总是想当然，他们也就总是给我意外。

　　他们像个家庭。看着像是有领导有纪律的。每天不是巡逻就是放哨，一有情况就发警报，有时候还发起攻击。经常是没有情况也哇哇地报警。巡逻路线由头儿决定，头儿怎么走兵就怎么走。看着又像是没纪律，那个内向的大兵或者说是大女人老是脱队，放哨时也老是一旁孤独地傻站着。有时头儿不像头儿，兵不像兵。三人形影不离，同吃同住同游水。

　　三人是动物界的禽类。那就是鹅，维吾尔人也叫他们鹅，对松古拉奇来说，鹅是外来的。到了西边的南边，当地人不知道那是什么，就随着汉语的叫法叫了。

　　千万别小看鹅。鹅曾经是书法大家里的大家王羲之的宠爱之物，见了鹅就什么都忘了，看呀看的，还忙不迭地给人写字换鹅，鹅就有了个雅号叫羲禽。别人喝酒醉酒，王大家看鹅醉鹅。他说，写字就要像鹅头那样曲项向天，像鹅掌那样拨弄清波。一般人看鹅有一眼没一眼的，顶多是一时好奇，或者是闲得发慌，多看几眼，看得满眼疑惑又不深究，丢了长见识的机会，亏了。王大家赚了，赚了价值千"里"的鹅毛，一眼看千里。王大家用心看，就看到了别人看不到的，得了鹅的真经，得了别人花钱也买不到的东西，书法大家的心就长出了眼睛。

《鸿雁》这首歌，能让人看到鸿雁在天上写出的人字，天上大大的人字有心跳，有呼吸；也能让人看到人体里的血河水像地上大河里的水一样向天边流，流着流着血河水就变成了血酒，醉了心，向天歌，与鸿雁一起唱乡愁。

这鸿雁就是中国家鹅的祖先。那是一种天鸟，游牧南北。降临人间，就成了从天上下来的白云，游弋绿水，直把清波做蓝天，曲项向天歌。一身天骄的高傲，用古人的话说就是鹅骄，李白曾写下"鹅骄不逊"四个字。

看得真切，松古拉奇古渠流红，松古拉奇新渠流绿，羲禽鹅骄唱天歌。

松古拉奇古渠流的是红泥沙，地气满满当当。松古拉奇的机井哗哗地喷出白亮，能上天也能入地的水就有了天地相连的活性。从天上下来的曦禽有天气上腾，更有地气下降，天和地一通，就有了灵气。

我身边那三位曦禽吃喝拉撒一项不缺，吃的是天造地产的玉食。松古拉奇人喜欢羲禽，更喜欢羲禽蛋，有个松古拉奇汉子用两手的食指拇指圈出个大圆对我说，一两个鹅蛋就能饱人。喀什噶尔城里人就难得有这口福，尽管离得不远，很难看到羲禽，也不容易吃到羲禽蛋。松古拉奇人的嘴巴是另一种眼睛，"看"到了城里人不容易"看"到的味道。

松古拉奇人说的每一句话都有土腥味，怎么自在怎么顺畅就怎么说。他们一直把村委会叫大队，怎么也不改，搞得我们也"倒退"了。松古拉奇的鹅，叫，喊，唱，高中低音都是鹅——鹅，偶尔抖点花腔。一看到什么入眼或刺眼的事，那叫喊声仿佛要向全世界通报。

开始，还给他们供应口粮，有人照顾他们的起居。后来，这些待遇就慢慢地没了。鹅们看到了就像没看到，一点都不在意，不跟人类"一般见识"，自力更生丰衣足食满地跑着找食吃，还是那么自在地摇摆着，叫唤着……

早晨起床第一件事是洗澡。四月天里，一出笼子就直奔自来水管旁边的"滴水池"。水刚没脚脖子，底下的泥发黑。长嘴撩拨黑水，脑袋能转一圈，几下子，水就成了黑芝麻糊糊。奇怪的是，也就一小会儿，制服就雪白雪白的了。

洗完了澡，麦地吃饭。返青的麦苗绿绿的，成了他们的主食，没人管。我每天去看他们吃青苗。有几次，另一双眼睛也在看，圆圆的，阴阴的，定定的。那是一只黑猫的眼。静悄悄卧在地埂上的杨树下，瞪眼看他们，一看就好一会儿。人怎么就不来看，不来护苗呢？问大队将（长，村长），一通维吾尔语回答，嗳——！（伸出一手，掌心向上一挥），地主忙其他事去了，可能不要了吧?! 过几天再去看，野草一片又一片，像是大部队乘着夜色占领了麦地。野草越长越大，家草越长越小。

大队（村委会）夏天搬进几百米外新盖的楼房，楼房后面是菜地和瓜地。大队将（长，村长）一次又一次交代，鹅不能放开！这时候有人管了。他们就进了牢笼。我不忍心，放了他们，三位高声欢呼扭秧歌，其中一位扭得太欢还跌了一跤。欢乐跌不到，起来继续扭。那种高兴劲，和人一样。大队将（长，村长）派出民兵把他们赶回去。再放。再赶。几个回合，他们还是获得了自由。我下了保证，不让他们进菜地。

我仔细看过鹅屎，细细的绿绿的草丝，心想，营养够吗？他们也在水里找吃的，连烂泥也吧唧吧唧吃得津津有味，不知吃的是什么。我把塑料盆洗了又洗，清亮亮自来水奉上。他们非要把水搅浑，换了，再搅。把碎土块和土衔进盆里，盆地厚厚一层泥。我想的是这样，鹅想的是那样。我甚至想也许鱼是清水饿肚子，鹅是浑水养身子吧？

还是连接春天说说春天里情色的事吧。

四条腿的动物凭气味找爱情，禽类靠情歌和色舞找爱情。天一暖和，春天的情色就长出来了，这是个骚味弥漫和春色泛滥的季节。

头儿从早到晚老是在叫，不知哪句是情歌。我也没见过他跳色舞。我想，欢乐季，卿卿我我……那天中午，在人类的眼皮底下和建筑物前，头儿春情荡漾地做起了美事。我上前近距离观察，肥大的身躯压着的竟然是又懒又脏又丑的那只大鹅。我错了。大大出乎我的意料。实在想不通。又活泼又干净的小鹅就在一旁，看着，看上去没啥反应。我不知道她心里是怎么想的，真是天性使然。

九月的中午，我把自己摊在沙发上打瞌睡，迷糊中突然想到，一年前的九月，鹅们归西。我一下坐了起来。我在鹅们的黑九月里写他们，一直没想起是他们的周年，不知怎么半睡半醒中一道闪电划过。我也不是有意选在这个月份敲他们的字。像是老天安排的。

那次离开松古拉奇一个多月，回来看不到鹅影，听不到鹅声。说是大风刮跑了，说是杀了吃了。明知刮风是假，一年来我那肉眼一次次看到留在我那脑海里他们在大风里跌跌撞撞的场面，怎么也改不过来，删除不掉。可能是一种心理上的选择，宁愿他们死在风暴中。

这几只鹅曾经给我带来了很多快乐，也曾经帮我排遣无聊的时光，他们的样子、叫声，一举一动、一颦一叫都留在了我的记忆里。

大地的鼻孔

　　炮筒一样的机井管子往外喷射白花花的水，水落到水里就有了点绿意。水渠里的井水不浅，清清的，不紧不慢地流，挡了电动三轮车的路。铁力瓦尔德一看，挥挥手说往回走。折回头，拐到更小的一条路上，在田地间不快不慢地颠簸着往前。到了小路的尽头，四周还是农田和树。铁力瓦尔德用手势告诉我，步行。穿过一片棉花地，到了一排墙一样的沙枣树下，铁力瓦尔德猫着腰，钻过沙枣树之间的一道缝隙，我跟着费劲地挪动，眼前竟然是高台的陡坡。他连声提醒我注意沙枣刺。他在上面拉我，差点掉下来。我又是喘气又是流汗的，站到了一片盐碱高地上，高倒是挺高，不大，大概有两个足球场大，三面全是树，四周全是农田，尽管看不到附近有人家，但我觉得还是在村里。向没有树遮挡的那面远望，我看到了那个大麻扎（墓地），麻扎前边顶多五十米就是大队（村委会），这里到大队的直线距离顶多是两三公里。这和我的想象相差也太远了，这里要是有狐狸洞，就等于是村里有狐狸，我们和狐狸是邻居。我想象的是在一片空旷的戈壁滩上，不多的树和草，周围没有农田，更没有人家。我半信半疑地跟着铁力瓦尔德。盐碱滩上长满了骆驼刺和细小的芦苇，草下是高高低低的盐碱壳，坚硬得很。走着就被刺隔着鞋扎了脚。热得很，一丝风都没有。树墙外面刮着小风，凉快多了。天阴着，比起那几天镶坑一样热的天气，温柔了不少，但树墙里面还是像烤炉一样，也许是稠密的树让这盐碱高地密不透风，有了自己的小气候。

铁力瓦尔德没怎么费劲就找到了狐狸洞，我一下来了精神。斜着向地下伸去，洞口挺圆的，像是狐狸刻意追求圆全。里面黑咕隆咚。洞口前一堆刨出的松土，对一只仅凭前爪而没有任何工具的狐狸来说，是个不小的工程。看着挺结实，不容易垮塌。比我想象的要窄得多，怎么进出怎么住呀，我可笑地替狐狸感到压抑，还有种窒息感。如果你在这里行走不经意间发现了，那洞口是一种突兀，一场意外。再看看周围的杂草，望望周围到处都有生命的环境，想想除了自己以外，还有万千生命，也就不觉突兀了，那是老天爷和土地爷送给一种生灵的别墅，就又觉得那是土地自己长出来的洞。那洞会喘息，也有它自己的语言，有故事，有传奇。用现在常用的词，那也是地上的一个看点，一个景点。

铁力瓦尔德把我搁在洞口旁，说，你在这看着，等着，我再去找。大踏步离去。在我眼中，他在高低不平的盐碱地上走动就像在大队（村委会）的水泥地面上迈步一样，既不喘气，也不出汗。铁力瓦尔德他们离野生的狐狸它们更近。又是不费什么力气，铁力瓦尔德找到了新的，嘴和手一起招呼我，来！来！又一个！我艰难跋涉。和头一个不一样的是，洞口松土上有不少脚印。铁力瓦尔德又指指地上杂草间一条虚线说，狐狸要路（道路）。仔细看，其实是条实线，狐狸每次出去和回来都会受到夹道迎送，两边的草排成队，当中的草要死不活的，不是低矮的就是倒伏的，要不就是光光的路面，细长的狐道，曲线，挺有韵味的，像是哪位仙人轻轻画了一笔。这里原本没有路，狐狸走得多了，就有了狐狸路。

铁力瓦尔德像带小孩一样领着我往外走，回到树墙前，他又有了新发现。地上一堆散乱的鸽子羽毛，残存的一点点皮肉粘连着。

那年，松古拉奇那个又老又年轻又庞大的麻扎（墓地）里的一个坟墓，很扎眼地出现了一个洞，狐狸洞。不少地汉（农民）说，那是狐狸为了吃死人肉。很可能是这样的，麻扎里又来了才死去的人，丝丝缕缕的气味渗出葬土，狐狸闻到了。夜深人静，狐狸开工，埋头苦干，被抛出的土在狐狸身后不断地飞起、落下。没用多长时间，狐狸的身子不见了，一个洞口出现了，有土一阵阵飞出、落下。狐狸有了收获，它撕烂尸布，狠狠咬下一块……大自然就是这样，你吃我，我吃你。那是狐狸很隐秘的地下活动。然而，对死者亲属来说，这是不幸和残忍的，对村里所有人来说，也是不能接受的。那个也许是一次性使用的狐狸洞很快被堵，说是那条狐狸被人赶跑了。地汉（农民）还说，麻扎里有狐狸睡觉的洞，狐狸就住在麻扎（墓地）里。那个为了吃死人肉的洞会不会又被回来的狐狸重新挖开，成了狐狸的家？或者是狐狸在远一些的地方重新打洞，再次进入，直到吃完了死人肉，又把墓穴当成了家？有一点是肯定的，住在麻扎（墓地）里狐狸不可能不对死人的气味有反应，有想法，然后有行动。

狐狸不是食腐动物，他们肯定是喜欢野兔、野鸡那样一些小动物鲜活的肉，如果戈壁滩上有很多小动物，或许就不会费神费力地"盗墓"了。

狐狸敢和人类做邻居，证明它们是聪慧的一个族群。如果说狼是聪明的，那么，狐狸就是智慧的。松古拉奇的狐狸可以作证，在生存上，狐狸比狼成功。两个族群相比，狼得到了人类更多的尊重，狐狸在人们心中的地位就不那么高，狼是高贵的，狐狸是低贱的，"狐狸"常被形容为"狡猾""精明"，维吾尔人也是这样。从前，狐狸村还不叫狐狸村的时候，村人毛拉克阿卡姆很聪明，大家都叫他狐狸，毛拉克阿卡姆狐狸的名声响亮，他的外号变成了村名，徒勒坎（狐狸）村。

连着几天沉在狐狸的寻访中。村人说，天天晚上都能听到狐狸叫。那天凌晨，我也听到了，喔的一长声，和村人的描述一样，还伴随着狗叫声。显然是狐狸和狗遭遇。鬼子说他也听到了。村人们还说，现在狐狸不多了，它们吃的野兔不多了，野鸡不多了，它们爱吃地里的老鼠也不多了，很多都被人撒的药毒死了，猫吃了这样的死老鼠都活不了；很怕人，见人就跑，能听到叫声，看不到影子。狐狸的叫声像狐狸洞一样幽深。那片盐碱滩上的狐狸洞是一种悲壮，面对强大的人类，在被抢占的土地上，它们顽强地求生；让人觉得很凄美，就是那样一种简单的生活也被挤压得勉强维持着，那悲壮和凄美的狐狸洞是大地的鼻孔，要是哪天那些洞没有了主人，那就是大地快要喘不过气了。

真希望人类能与万物共存，真希望万物能以自然原生的样子和谐相处，大地会依然美好。

捉放"曹"

芦德林戴上帆布手套打开笼门，放走了他觉得不是狗的小"狗"。小"狗"一点都不迟疑，蹿出笼门就跑，用尽全力奔跑，直接跑进了棉花地。芦德林说，跑得快得很。那双帆布手套是芦德林从四川老家带过来的，每次喂食，小"狗"就抓挠芦德林的手。

芦德林独门独院住在棉花地边上，周围没有人家，远处发黑的树林下露出地汉（农民）住房的土墙。他在这里七年了，包了一大片地种棉花。警察找过他，说为了安全不要住在这里。他晚上只好在铁力瓦尔德的家里睡觉，老婆一来，他就悄悄和老婆一起睡在棉田旁的房子里。

铁力瓦尔德给了芦德林一个单独的房子，但跑来跑去的麻烦，不方便。那天，铁力瓦尔德在离芦德林住的地方不远的机井边放水、看水。傍晚时分，下起了小雨，铁力瓦尔德突然在渠边树下的杂草丛中发现一条狐狸带着几条小狐狸。无聊的铁力瓦尔德有事做了，悄悄接近狐狸，想好好看一场近在眼前的"动物世界"。他看清了，大狐狸带着五条小狐狸。狐狸早就察觉了，带着小狐狸跑。他追了上去，抓住了跑得最慢的小狐狸。小狐狸拼命反抗，四个爪子猛蹬，头左右摇摆想咬铁力瓦尔德的手。铁力瓦尔德把桀骜不驯的小狐狸装进了尿素口袋，提到了芦德林的房子。铁力瓦尔德不会用汉语说狐狸，芦德林听不懂维吾尔语的狐狸，两个"聋子"和"哑巴"说不清道不明，小狐狸在袋子里乱扑腾。芦德林把狐狸当狗收下了，还一个劲地感谢冒雨为他送狗的铁力瓦尔德。

芦德林和铁力瓦尔德一起把小"狗"关进了以前养鸽子的笼子。芦德林先给就要做他犬儿的小"狗"端了碗水，没想到手刚伸进去，小"狗"上来就是几爪子，抓得手上几道血印，往外渗血。也好，越厉害他住在这里就越安全。芦德林给自己也给"儿子"做晚饭，面条。他戴上手套给"儿子"端了过去，快速地放进去，还没放稳就快速地缩手。"儿子"看看，闻闻，不吃，态度很坚决。芦德林吃完了饭，再去看，"儿子"还是不吃。他切了几片他舍不得放开肚子大吃的大肉。"儿子"毫不客气地吃了。又切了几片。晚上，哇哇叫唤了差不多一夜，叫得芦德林前半夜没睡好。早晨，他还是给自己和"儿子"下了碗面，给"儿子"的那碗，加了点大油，搅拌，吃了。笼子里冒出一股骚臭味。越看越不像狗娃子，拉的屎，尿的尿，也不像狗娃子的，狗娃子没有这么臭。他开始怀疑这不是狗娃子。狗娃子啥都吃，这东西光吃肉。要是不是狗娃子，喂不起，哪有那么多肉给他呲（吃）?! 养几天看看，不行的话就放了。

芦德林刚来的时候，晚上常能听到不知是啥子动物的叫声，不习惯，搞得他有时候睡不好觉，也有点怕，晚上给棉花浇水不敢一个人去。后来他知道了，那是狐狸。在棉花地那边的土堆上，他还看到了狐狸洞。有时看到狐狸在棉花地里跑，棉花苗一指多长的时候，经常能看到。芦德林说，去年，看到两条狐狸领着十几条小狐狸。狐狸吃鸡，维吾尔族人养的斗鸡，斗鸡知道吧？我说，知道斗鸡，战斗鸡。他轻轻笑了笑说，以前我也养了十几只鸡，都让狐狸给呲（吃）了，有天中午刚起床一出来就看到一条狐狸叼着我的一只鸡跑了。我用四川腔说，你没看到，它那是偷，你看到啰就是抢，它这是连偷带抢！芦德林浅浅一笑，瘦小的他总是很严肃，可能是不熟悉吧。他说他后来再也不养鸡了。问他狐狸究竟什么样，他说，看不清楚，见人就躲，就跑，跑得快得很，就能看到是黄色的，尾巴又粗又长。

那天，芦德林觉得笼子里又吵又臭又凶的小东西可能就是条狐狸。他

又问了铁力瓦尔德究竟是从哪儿弄来的，铁力瓦尔德手臂挥了又挥，用手指了又指，他总算是明白了，就在不远的地方抓来的，他终于确定了，不是什么狗娃子，就是条狐狸，还差点当看家护院的半个儿子养。

　　对不起了！不知道你是狐狸，还以为你是狗娃子！你走吧，找你妈去吧！芦德林对小狐狸说。

　　一年还是不到一年后，有几次天将黑的时候看到一条狐狸在院墙的豁口往院子里看，我看有点像它，我一出去，它就跑，又不敢确定是不是它，也可能是其他狐狸来看看院子里有没有鸡。

人类破坏了一只蚂蚁的伟大工程

　　一只小得不仔细看就看不到的蚂蚁在松古拉奇大得没有边的地上搬运着一小块人类的指甲。

　　见过蚂蚁搬东西，没想到人身上的硬件蚂蚁也会搬。更想不到自己硬拉着刘全到那个老麻扎（墓地）去看那棵超级红柳时会剪指甲，面向长着沧桑的超大红柳，坐在电动三轮车上，用刘全的指甲刀。红柳前的村路上住着好几户蚂蚁。他们就把家安在人类的道路上，有的还在路中间。我停车的地方，就有两户蚂蚁"人"家，相隔也就一米多一点。没有发现蚂蚁的家被人类破坏的迹象。不知道他们是怎样做到家园不被人类的脚和车轮破坏，不知道人类的脚和车轮是怎样做到不去碰触蚂蚁的家园。来往的人少？也是也不是，路面挺光滑，况且，路的一边是农田，一边是麻扎。或许是冥冥之中有什么超人或神秘的力量做了蚂蚁和人类都不知道的调度。不然，双方怎能做到和平共处，互不干扰。如果蚂蚁家园屡遭破坏，这种小生灵就不会在人类的道路上安家。

　　看到了小蚂蚁让我意想不到的伟大的坚忍不拔的举动。我一低头就看到了，也许是碰巧，也许是被什么牵引，自己的眼光一下子就落到了蚂蚁身上，我对刘全嚷了一声。刘全也是一声，咦 —— ?！只见小蚂蚁搬起我的指甲，费力地爬动。那是一块拇指指甲，两头翘起一条弧线，对蚂蚁来说，挺大的一块。蚂蚁跌跌撞撞，忽而举起，忽而倒下，忽而偏左，忽而偏右；蚂蚁摇摇晃晃，有时原地打转，有时倒退，有时指甲成了跷跷

板，蚂蚁反倒被抬起，就这么进进退退地艰难前行，一点都没有放弃的意思，真是"人"小志气大。本来，蚂蚁快走像滑冰，这时候的这只蚂蚁像瘸子挪步。蚂蚁几次松口放了指甲，围着指甲转转，像是喘口气，就又扑上去，紧紧咬住指甲一端，举起，踏上艰难的路程，所有细小的腿像人类的机器一样不停地活动，使出了全身的力量。另一只蚂蚁搬着小小一块指甲轻捷地跑动，到了家门口，灵巧地滑了进去。相比之下，一个是愚公，"傻了吧唧"地搬起比他身体大几倍的东西，并且是移山不止，锲而不舍；一个是智叟，智慧的老汉取巧，轻轻松松的，玩一样就完成了任务。

　　刘全看不下去了，说，帮他一下吧。我说，别干预动物。刘全不听，用个小树枝轻轻把指甲和蚂蚁拨拉到蚂蚁家门口，还是咬着指甲不松嘴的蚂蚁不进家门，刘全就向一米外的另一户蚂蚁家拨拉，我的心跟着他手中的树枝移动，替蚂蚁使劲。人类的企图扰乱了蚂蚁，也受到了惊扰，蚂蚁与指甲分离了，蚂蚁转来转去寻找，又一口咬住了指甲。刘全再伸"援手"，人类的"好心"再次坏了蚂蚁的事，蚂蚁怎么也找不到战利品了，一条腿也受伤了。蚂蚁不灵便地走了。刘全还文绉绉地来了句"让他知道世界是残酷的"。我在心里说，残酷，也不残酷，蚂蚁能在人来车往的路上安家，能说残酷吗？人类破坏了一只蚂蚁的伟大工程，不正是一种残酷吗？世界不残酷，也不温馨，不是天堂，也不是地狱。老天早就在万物间做了调解，各让一步，各有所得，和谐共处。

生死圆圈

萨吾喇洪老汉指指麻扎（墓地）的方向说，以后我也要住在里面，睡在里面。82岁的萨吾喇洪老汉是个大块头，大脸大脑袋，肚子滚圆，说话声音洪亮。他在学校当了一辈子的阿细拍孜（厨师）。我用维吾尔语说，一辈子狠狠地吃饭吧？他笑了笑。退休二十多年了，拿着退休工资成天在松古拉奇他妈歇（玩），也等着住进麻扎，再狠狠地睡几辈子。他说，我的阿娜就睡在那个麻扎。不解地问他，达玛（父亲）呢？在阿瓦提那边，维吾尔的习惯是人死了各找各的家人去，女人回自己达玛的家，男人和女人各自跟达玛家的人一起躺在麻扎里。

麻扎里有一棵长成了树的红柳，树身最粗的地方比海碗的碗口粗，五根主干斜着向空中去，龙腾虎跃的。树皮的颜色是坚硬的黑灰，硬得像铁、像钢，树身势不可挡地往周围和天上伸去，就像科幻片里才能看到的猛兽。站在树下，让人仰视。树冠上是细小稠密的红柳叶，猛一看让人有点疑惑，红柳还是胡杨，看叶子到底还是红柳，红柳能长这么大?！它和麻扎相伴相生。只有在很大很老的麻扎里，才会有这么大这么老的红柳，老而不衰的红柳，在一片土黄色的世界里吐出曼妙的绿；只有在很大很老的红柳旁，才会有这么大这么老的麻扎，老而不衰的麻扎，还不断有死者加入。

树上有几处刀砍斧削的痕迹，很齐整、很光洁的创面，我很不理解，几分气恼。村里的知雅礼（知识分子）麦麦提江·图尔松急忙说，那是给

他"理发"。陪伴死人的红柳得到了活人的关照。生在麻扎是一种福分。

大红柳和萨吾喇洪老汉一样健壮，要是大红柳能说话，一定比萨吾喇洪老汉的底气还要足。

我带着尺子和麦麦提江·图尔松进入麻扎，向红柳走去。麦麦提江·图尔松像进了地雷阵，低头仔细察看地面，他指指就要被时间荡平的几处小土堆说，这里有人，这里有人。我和他就小心地绕着走，避免踩踏。有新的墓坑等着主人。大红柳下，我们先用眼睛丈量。比房子高得多，算上树冠垂直向下的面积，比房子占的地方大。用尺子量，底部周长72厘米。我摸了摸树身，坚硬，用维吾尔语说，很紧很紧。麦麦提江·图尔松说，石头一样。

大麻扎里最多的植物是骆驼刺。除了一棵大红柳、一丛主干不粗却稠密的红柳和很少的芦苇外，全是密密麻麻的干枯的骆驼刺。这些骆驼刺全都留着全尸。快要到五月了，还是去年的骆驼刺，灰黄灰黄的，细看才能发现数得过来的新绿。麦麦提江·图尔松说，没有水，一下雨就会长新的。这里最多的是坟墓和骆驼刺。

大麻扎呈长条形，从这头到那头，步行至少要二十分钟。萨吾喇洪老汉和麦麦提江·图尔松说，占地至少有六十亩。萨吾喇洪老汉说，有四百多年历史了。村里也有人说，二三百年历史。萨吾喇洪老汉说，附近五个村的人死了都送到这个麻扎。麦麦提江·图尔松说，麻扎分五个部分，最南头的是老的，最北头的是新的。像那棵大红柳一样，麻扎还活着，还在长。大麻扎叫亚勒古兹卡乌拉，地方志里说是古墓地。

我们还拜访了79岁的掘墓人毛拉穆·阿吾提，走路说话都颤巍巍的。前段时间被摩托车撞了，还没完全恢复过来。掘墓人毛拉穆·阿吾提说，他的达玛是掘墓人，他长大后接着当掘墓人。问他麻扎的历史，他说他不知道，他就管挖墓坑，挖了二十多年；坟顶是盖房子的人修建，各干各的。告别时，老人硬撑着站起身，脸上是过意不去的表情。我们几乎是齐声劝老人坐下。

　　萨吾喇洪老汉用像吵架的声音说，现在的人想得开了，不那么讲究了，有的夫妻也睡在一个麻扎里了。

　　和几乎所有维吾尔人的麻扎一样，这个大麻扎里的坟顶是摇篮形状。人一生下来就在摇篮里，死了还是在摇篮里。生和死画了一个圆。

巴扎麻扎都是学校

　　萨吾喇洪老汉的爷爷小时候在松古拉奇小学上学，萨吾喇洪老汉的爸爸小时候在松古拉奇小学上学，萨吾喇洪老汉小时候也在松古拉奇小学上学。

　　萨吾喇洪老汉背诵了一段小时候学过的维吾尔拼音字母。

　　萨吾喇洪老汉82岁了，说起话来声若洪钟。老汉说，那时候上学不是交钱，是给老师粮食、柴火等。老汉说，那时候劳动两天才能挣十公斤苞谷。老汉说，现在好。问他什么好。他说，办法好，条件好，学校好。话音刚落下的刹那，余音还在我心上嗡嗡地响。心想，要是让南方的一个小白脸坐在这里，会误以为老汉是在发脾气。

　　萨吾喇洪的老伴菇黎尼萨·麦麦提小时候也是在松古拉奇小学上学。她在大城市乌鲁木齐的一所地质学校上过学。她记得清楚，学校发生过挺大的事，以前和苏联人一起上学，后来中国人和苏联人分开了。问她那时候和苏联人分开究竟是怎么回事，她说她记不清了，就记得苏联人都走了。没多长时间，她回到了松古拉奇，在母校当老师。六年后，菇黎尼萨·麦麦提到乡里的小学教学。她说，她在松古拉奇小学的时候，几个学生家长不让孩子上学，她就到学生家里去，挨了家长的骂。菇黎尼萨·麦麦提模仿一些家长气哼哼的话说，为啥要让孩子去学校，花钱不说，白天还不能帮家里干活，我的孩子不去，你也别来我家了！走开！走开！

　　菇黎尼萨·麦麦提是松古拉奇的知雅礼（知识分子），萨吾喇洪是学校的厨师。两个人都是做饭的，一个是给学生做填满脑子的饭，一个是给老师和学生做吃饱肚子的饭。萨吾喇洪老汉说，有那么几年，劳动多饭少，经常吃不饱肚子，后来劳动还是多，饭也多了，还便宜，巴扎上的食堂里一毛钱一个包子，两毛钱一碗拉面。

看得出来，萨吾喇洪老汉年轻的时候，活得风风火火，老了以后，活得很洒脱，心宽体胖的，能说会道的，想着想着，就想到了过去，说着说着，就说到了从前。

从前的松古拉奇是个大巴扎。吐曼河水被吾斯塘（大渠）引到松古拉奇村，有水就有人，有人就有巴扎，有巴扎就会有越来越多的人。人一多，孩子就更多，一个男人和一个女人就会有五六个、七八个孩子。巴扎越来越大，孩子越来越多，就有了学校，学校就不能不好好办，学校的名气也就慢慢大了起来。直到二十世纪五十年代，疏勒县那边都有孩子到松古拉奇来上学。

有大巴扎，就有很多外地人跑到这里来了，有莎车的，麦盖提的，伽师的，岳普湖的，疏勒的，都往这跑，很多人住下就不走了，成了松古拉奇人了。连城市里的年轻姑娘都到这里生活。萨吾喇洪老汉的阿娜（母亲）就是喀什噶尔的人，嫁到这里来了。阿娜现在就睡在那边的大麻扎里。

就因为以前的松古拉奇是个大巴扎，所以才会有那么大的麻扎（墓地）。有巴扎，就会有麻扎，有大巴扎，就会有大麻扎。巴扎是活人的，麻扎是死人的。活人聚到一块就是巴扎，死人聚到一块就是麻扎。巴扎是活人的麻扎，麻扎是死人的巴扎。以前的松古拉奇就是活人的大巴扎，死人的大麻扎。

大巴扎就是一所大学校，大麻扎也是一所大学校。人们在这里学到了生活的本领，积攒了生活的经验，拥有了生活的快乐。

城市好，农村更好

　　蓝蓝的天上浮着半个月亮，白白的，和周围的白云一样白。明亮的阳光抵消了月亮的一部分亮度，搞得明月像白云组装的一样，月上的阴影像豁口。白月亮下面是钻天杨绿绿的树梢。心对自己感慨：松古拉奇白天的月亮真白，蓝天真蓝，绿树真绿。这里离喀什噶尔有说28公里的，有说30公里的，不远，差别却不小。

　　松古拉奇的树多，喀什噶尔的楼多；松古拉奇的树高，喀什噶尔的楼高。一多一高，两个世界。望着楼房，以前没有过的心绪冒了出来：树好，楼房不好。水泥组装的怪物生硬又冷漠，没有生命没有魂，里里外外有很多人，其实，它们离人心离人性很远很远。松古拉奇的树多好呀，和人一样是生命，一样要呼吸，一样要喝水，一样要吃饭，一样要生长。不一样的是进化的路线不一样，两个"人"或者说两棵"树"远古时渐行渐远。两种生命相距再远，也远不到哪里去。我年轻时就写过只有我自己读过的长文，我把物质世界分为非生命物质和生命物质；远古的远古，生命从地球的肚子里生出来的时候，全世界就一种生命，今天地球上所有的生命都是或近或远的亲戚。人和树当然也是亲戚。在松古拉奇，哪里有人哪里就有树，哪里有树哪里就有人，树比人多得多。人在树下，人在树林中，树在人前，树在人群中，人与树相依相伴，相依为命。高楼没有树高，永远没有树的生命的高度。乡村的树，是人的另一种存在，一种人性的存在，一种人道的存在。人有"树性"，树有"人性"。人是树的"树道"，树是人的"人道"。

人的远祖是从树上下来的。离树远了些，离人近了些。"进步"的好，几乎人人皆知，不啰唆。"进步"实在是应该改换的词。每一寸"进步"，就包含了退步，"进步"的代价就是退步。进一步，退两步，甚至更多步。没办法的事。乡村的"进步"总是慢，慢得离人近，离人性近，离人道近。松古拉奇的土房子正在消失，家家户户盖砖房。我曾在一篇文章里说："灰尘功大于过。生命离不开灰尘，灰尘吸收水汽变云彩，云彩聚集变雨雪，不让水汽飘散太空，还抵挡强光反射蓝光，让阳光温柔，让天空蔚蓝。没有灰尘就没有人。""人离不开土气，土气接受土地的信息，信息发酵变思想，不让人轻飘飘，还抵挡虚无反对虚假，让生命有重量，让精神有重心，让灵魂有重力。没有土气就没有真人。""我们因为土气才成为人，也因为土气才真实，更因为土气才活力四射。"古人把浮尘或沙尘天气说成是"雨土"。有松古拉奇地汉（农民）说，天上下土也有好处，果树上的虫子受不了这种天气。没有土卜（土），哪来草木，哪来粮食？没有土气，哪来真实，哪来真实的思想？

城市再好也挡不住农村的好。树比楼好，树林比楼群好。土比水泥好，土气比娇气好。

白月亮到了晚上就变成了亮月亮，明晃晃亮堂堂的。人们赏月，一定有生理上心理上的原因。月亮离不开太阳，没有太阳，月亮就是"月黑"。从树上下来的人还是离不开树，在水里洗掉尘土的人，还是离不开土。月亮好，太阳更好。城市好，农村更好。

乌鲁木齐碰上松古拉奇

在乌鲁木齐大城市鬼使神差地碰上了松古拉奇小村庄。

乌鲁木齐的楼房比月亮高。大街上满是都市那种又浓又稠的大气，再冷的天也冻不住它，再黑的天也藏不住它。躲在羽绒服里慢走，不知怎么，使劲仰起头来，透过一道道一条条树枝看到了月亮，仰着头挺费劲，也挺不舒服，还是仰着。又不知怎么，觉得疑惑，立正，细看，不是月亮，是灯。快走几步，躲开树枝，日光灯，细长的那种。高天上黑乎乎的楼顶下就亮着那么一盏月亮似的灯。放下头来，只见对面十几米外一个女人也正抬着头，看看我，又抬头，又看我。在心里笑了，也在心里说，要是在白天，就会有一群人傻乎乎地看什么都没有的天。又在心里问自己，怎么犯得傻？说不清，像有仙人或者是鬼怪引诱，也像是松古拉奇的月亮悄悄地牵引。

松古拉奇的杨树比月亮高。村子像是水底世界，天有多高水就有多深，那边的乌鲁木齐再怎么喧闹，这边不起一丝波纹，静得能听到一种嗡嗡声，像是身体里的，又像是空气里的。乡村那种又浓又稠的静气还像是天一样大水一样绵软的胎盘裹着松古拉奇这个胎儿，每一分每一秒都在给人全方位的立体式按摩，每一个细胞都同时按摩到，心就特别的静，人就特别的舒服。人真真是在真真的（西北汉语的特点，意为一点假）大自然里活着，土里变出来的人土里活着，天造的，地设的，不像乌鲁木齐和天地隔着一层又厚又硬的人造山墙。拿尺子量，松古拉奇小得只比乌鲁木齐一个小区大一点点，用心量，松古拉奇不比乌鲁木齐小，松古拉奇的水就比乌鲁木齐的深。月亮再高再亮再牛，一碰上松古拉奇的杨树，月就不亮了。乌鲁木齐再大再闹再牛，一碰上深水静流的松古拉奇，"乌鲁"就不"齐"了，乌市就不叫了，只剩下一句"有木有"了。松古拉奇的好，松古拉奇地汉（农民）不知道，生在这长在这，享受着立体式按摩却没有感觉，活动着比拖拉机还要皮实的身体却不知道自己的筋骨有多坚韧。老在这里的人用了几十年时间才体会到这里的好，可他们已经不是一般的人了，是老了的老人，萨吾喇洪老汉用打雷一样的声音说，快要到麻扎（墓地）睡觉去了。儿女们如果用金子造一辆车接他们，他们也不会去。全村全乡出去了一些年轻人，在这不多的年轻人里大多是出去了又回来了，有的反复几次，最后还是回来了，只有少数在外面十年二十年，极少数连根拔起移栽了，再回来就是探亲了。

　　乌鲁木齐有很多条大河，河里流的是汽车，一年四季大河奔腾，发出像是松古拉奇旁边那条克孜勒河夏天发洪水时的声响。晚上的街河也还是那么喧闹。躲在羽绒服里慢走，走着走着，看见真月亮了。突然就没楼房了，比月亮高的楼房像是藏起来了，觉得疑惑，立正，细看，真的月亮，月下是比松古拉奇杨树矮好长一截子的树，树下是不高的院墙和房子，比松古拉奇的高不出多少，再就是在松古拉奇看不到的三个汉字，览胜园。怪不得房矮树多月儿明，园，览胜的，乌鲁木齐的松古拉奇。水泥堆起的荒山真是寸草不生，城里人待在人造荒山里憋屈，就造园，园子外面也不能荒着，就造林，成不了林，敲掉几块人造石，露出被埋葬的土，种那么几棵排成直线的树，不是像哨兵，就是像仪仗队。天空都让高楼占领了，天是一线天，宽点的是天河。览胜园腾出一片天，就很轻松地看到了月亮。像看美女似的，看了又看，怎么看都没有松古拉奇的月亮大，也没松古拉奇的亮。别让情感干扰眼睛，再看看，就是小那么两三圈，亮度也低至少十瓦。没一会儿就找到了答案，两边的空气能比吗？松古拉奇的空气是清的，乌鲁木齐的空气是浑的。

松古拉奇只有一条流动车的大渠，与河相比，它就是条渠，与渠相比，它又像条小河，只能说是大渠了。松古拉奇有条直到今天还流着清水的古渠，清朝时松古拉奇人大干快上挖出来的。流车的渠比流水的渠大那么一点。流车的渠流的最多的是电动车，男女老少，几乎人手一辆。有时有拖拉机鸭子叫唤一样经过。也有滴滴答答的驴车和马车，只能用偶尔这个词了，几天才能滴答一次两次的。最怕大货车来，惊天动地的，碾碎了村子的安静。车一走，安静的伤口一下子就好了，就像从来不留伤口不留伤疤的水一样。村子就又沉到水底了。松古拉奇村没有巴扎，也就没有街。要是有两三家小商店小饭馆就算是街的话，村里有两段十米长街，这两个街还相隔几百米，就算是有那么点小街小巴扎的意思吧。没有十字路口，只有个丁字路口，算是长了一点点脸面。顺着这条路三拐两不拐的就能拐上通到乌鲁木齐的路。我带着松古拉奇飞到乌鲁木齐。松古拉奇的土坐我脚上的鞋来到乌鲁木齐。我脚上的皮鞋很少有发亮的时候，载着我在松古拉奇的土里跑来跑去的。幸好没有皮鞋沾土不得乘机的规定。

睡在乌鲁木齐的夜里，也睡在松古拉奇的夜里。以为出了松古拉奇就没人知道这个偏僻、孤单的小村子，以为离开松古拉奇就再也听不到松古拉奇这歌声一样好听的声音了，以为走出松古拉奇就碰不上松古拉奇了。我睡了两晚的那张床，就挨着松古拉奇，直线距离十几米外就是。

乌鲁木齐的太阳早起早睡，才是松古拉奇时间下午七点就昏天黑地地睡着了，松古拉奇的太阳还大睁着眼定定地看着松古拉奇，还有一个小时才下班呢，那边的下午就成了这里的晚上。太阳一闭眼，街灯就睁眼了。这条街河的岸上没有灯，街灯都恭恭敬敬一言不发地低着头照着街河，岸上昏暗，街河辉煌的灯火给了岸边一点点灿烂，也就不那么黑了，有那么点小时候煤油灯黄出来的小气氛。躲在羽绒服里慢走，不知怎么，盯着摆摊卖水果的矮小的维吾尔小贩，走过去了还扭着头看。又不知怎么，停了脚，转过身，就那么看着，目不转睛地。小贩看看我，又看看我，深深地。一路过的维吾尔人向小贩问路，小贩嘴和手一起言语。听口音像是北疆人。指完了路，小贩又看我。我不好意思再看。躲在羽绒服里慢走，不知怎么，有点不舍，走着，又不知怎么，想着小贩。直到看到了乌鲁木齐的真月亮，眼前才没了小贩。回走，心里说，再看看小贩，要是还没收摊，说几句话。慢慢走进他，他嗯了一声，没说出的话是，就知道你想跟我说话。我问，乌鲁木齐的？他用力一声嗯一点头，很坚定。事后回味，是那种说假话的用力和坚定。我说，我是喀什噶尔的。他愣了愣，问，喀什噶尔哪里的。市委的。人民广场那里的？我点头。他说，我是喀什噶尔英吾斯塘的。事后回味时我看到，这次是我愣了，心说，真的吗，这么巧，我在英吾斯塘待了快一年了。我问，哪个大队（村）？十三大队（村）。我说，我现在在十大队（村）工作。他接着说的话让我怎么也没想到，他说，松古拉奇，我怎么也没想到能在大城市乌鲁木齐听到小村子松古拉奇，以为出了松古拉奇就没人知道这个偏僻、孤单的小村子，以为离开松古拉奇就再也听不到松古拉奇这歌声一样好听的声音了，以为走出松古拉奇就碰不上松古拉奇了。

突拉洪·阿卜杜热伊姆说，十三大队（村）以前是松古拉奇的，附近几个大队（村）都是松古拉奇的。他说他爷爷就是松古拉奇人，松古拉奇是爸爸的老家。这我知道，我还知道，二十世纪五十年代之前，松古拉奇是一方"霸主"，守着那条古渠渠首，水就是资格和资本。

突拉洪的摊位在一栋没院墙的临街住宅楼下，整栋楼唯一一扇朝街开的门前，左右两边各摆了一张桌子，摆放着水果和煮熟的羊杂碎，那扇门一看就是为了生意后来开的，明显是在家门口摆摊。问他住哪儿，他说就住一楼。房租多少？吱吱呜呜。你住的楼房是你买下的吗？还是吱吱呜呜。我明白了，街头相遇，不冷也不热，不咸也不淡，不想把我请进家里。他肩负着养一个家的责任，摊上摆着的是几个孩子的学费。走过南闯

过北，人堆里凉热冷暖；农民进城，大都市里酸甜苦辣。

他老婆出现了，白白胖胖的，倚着门框坐下，看着我不说话。他说他有四个娃娃，老大在吉林大学上学，两个女儿在附近的中学上初中，最小的娃娃还小。就这么个摊子，支撑起一个不小的家，很可能是只有在大都市里才行。1990年，先是到口里做生意，1994年结婚后就在乌鲁木齐长住了下来。他说，1995年娃娃生哈（下）了。他的汉语有挺浓的北疆回族口音，说维吾尔语也是北疆维吾尔口音。问他老了以后回不回松古拉奇，他说，不回了，娃娃不愿意回去。

我说，你不是说你是乌鲁木齐人吗。他笑了笑，说，十八年了，半个乌鲁木齐人。他掏出身份证说，身份证还是那边的。他说身份证上出生年月是错的，办证的时候搞错了，金金（真真）的是1967年。照他说的，身份证上的他比生活中的他大了五岁。告别时，他用问话的口气轻轻说了句，不吃点水果吗？

躲在羽绒服里慢走。有点意思，先是莫名其妙地看天，看到个假月亮。在松古拉奇看天很方便，望月很轻松，跑到比月亮高的楼下看什么天呢?! 天不负我，看到了真月亮。然后是莫名其妙地把一个矮小的男人当美女看。松古拉奇不负我，听到了松古拉奇，看到了松古拉奇，碰上了松古拉奇。

我听到的看到的碰上的是一棵树，松古拉奇树，不高不大，大风里行走，顶着风挺着胸一步一步地坚实地走着！